蕴情的土地

帕蒂古丽 著

宁波出版社

图书在版编目（CIP）数据

蕴情的土地 / 帕蒂古丽著 . -- 宁波：宁波出版社，
2021.6
　ISBN 978-7-5526-4238-4

　Ⅰ.①蕴… Ⅱ.①帕… Ⅲ.①散文集—中国—当代
Ⅳ.① I267

中国版本图书馆 CIP 数据核字（2021）第 054655 号

蕴情的土地

帕蒂古丽　著

出版发行	宁波出版社
地址邮编	宁波市甬江大道 1 号宁波书城 8 号楼 6 楼　315040
网　　址	http://www.nbcbs.com
责任编辑	苗梁婕
责任校对	朱璐艳
印　　刷	宁波白云印刷有限公司
开　　本	710mm×1000mm　1/16
印　　张	11.5
字　　数	120 千
版　　次	2021 年 6 月第 1 版
印　　次	2021 年 6 月第 1 次印刷
标准书号	ISBN 978-7-5526-4238-4
定　　价	52.00 元

如发现缺页或倒装，影响阅读，请与出版社联系调换
电话：0574—87248279

目　录

001　打开被折叠的生活

035　在聚居的空气中

079　在城市末端追赶生活

089　墓畔回声

105　沿着来路的风

115　七　日

129　我与你终有一会

151　弟弟的神坛

打开被折叠的生活

浙江绍兴市柯桥区，穿城而过的杭甬大运河边，有几家新疆维吾尔族饭馆，门口还有卖馕和烤肉的摊子。越剧、绍剧的旋律和新疆维吾尔族音乐、民歌交织在一起，回荡在街巷。满大街忙碌的人们，很少留心到这座城市里这种最有意思的声音。

运河水泛出淡淡的腥味，碧绿的水葫芦遮住小半个河面，运河古纤道在不远的地方蜿蜒。柯东廊桥散发着一股潮湿的木质气息，一对年轻的维吾尔族夫妻坐在廊桥长长的木椅上，轻声交谈着今天卖了多少个馕的话题，玩耍的孩子在一旁用维吾尔语呼叫着"阿娜"（妈妈）。桥廊另一端，梦一般回响着腔调浓重的绍兴方言。

鉴湖、瓜渚湖、杭甬大运河，让柯桥极具"东方威尼斯"之特色。密布城市的店铺和市场规范运转，井然有序。街上银行一家挨着一家，挣钱、存钱，是商人们的日常。每天，成千上万来自世界各地的客商云集于此，让这个地方充满了国际范。

城市不会说话，可人总想对城市表达一些什么，比如向往和憧憬，或者一种外来者的陌生和好奇。其实，如果看懂了柯桥，就会发现这座城市极其开放包容，每个初来者，都会有一种错觉——这座原来在他们眼中折叠的城市，是由他们的努力才打开的。这种美妙的错觉，让在这里打拼的每个人都有一种创客的成就感。

柯桥这颗江南明珠，在古代便见证了陆上"使者相忘于道，商旅不绝于途"的盛况。万商云集的柯桥，历史上的水上贸易重镇，史料早有记载："柯桥领村五十八，四运全通，交通便利，市最繁盛。"如今，柯桥这座新丝绸之路上的商贸城市，围绕建设丝绸之路经济带，进一步融入全球经济，同心共筑丝路梦。

"一带一路"，在柯桥这块商贸热土上，源于历史，根植现实，立足国内，辐射世界，从理念转化为行动，从愿景转变成现实。用布匹托举起的中国轻纺城，让柯桥这座小城，以"天下布城"的美誉名满全球。随着"一带一路"建设的铺开，古老的"丝绸之路"，在这里延伸为现代版的"国际大合唱"。

沿着运河两岸，一条条马路两边排开一个个布匹市场和销售轻纺产品的商铺，每年全球近四分之一的轻纺产品在此交易，销售网络已经遍布两百多个国家和地区。市场成交额已经超过一千五百亿元，实体市场和网上生意两个两千亿级的市场正在培育中。全世界几乎每个人身上，都有一件用柯桥的布料做成的衣服。这座国际轻纺城源源不断向世界各地输送的布料，共圆着柯桥"衣被天下"之梦。

一座南方城市被打开的方式

  柯桥的每个布料市场里，总有那么几家挂着维吾尔文字招牌的批发商，店铺里电脑后面端坐着长相标致的帅哥，五官很维吾尔族，皮肤如江南男子一样细腻白皙。明月清风，天地自然，并不区分哪个民族来自哪里，它对人类的馈赠是平等的。江南的湿润去除了他们脸上粗犷的气息，为他们平添了几分温文尔雅。他们用很职业的口气与顾客打招呼，一副浙江人做生意时那种不温不火的面孔。

  如果一定要区分他们与当地人不同的习惯，做礼拜可能是其中一项。起初，新疆的维吾尔族商人来到柯桥轻纺城，像那些把心情折叠起来、装进旅行箱、流动在陌生的人群中的穿行者一样，他们把家乡折叠起来放在心上，原来的生活习惯也被部分折叠了。打开折叠的场合，无非是在维吾尔族饭馆，味觉最大限度地被打开，胃得到安慰之后，喀什口音、阿克苏口音、吐鲁番口音、伊犁口音和乌鲁木齐口音的维吾尔语，也像打开了音匣子一样蹦出来。在柯桥，听到喀什、阿图什口音的概率最高。沿海城市以它海纳百川的包容，让这些维吾尔族人以在家乡一样自如的方式，在柯桥生活、打拼。精明细致的南方人似乎知道，穆斯林打开折叠的礼拜毯的那一刻，也是他们打开被折叠的精神世界的一刻，做生意诚信、不欺骗都是写在《古兰经》里的，做乃玛孜的人，最怕讲假话。他们会在祈祷中提醒自己，不要让自己成为钱的驴，让钱骑在身上，钱是人的驴，人应该骑着钱走。

到了吃饭时间，各国的布匹商蜂拥到维吾尔饭馆吃饭。柯桥也有阿拉伯、土耳其餐馆，但饭菜价格不菲。维吾尔饭馆有十几家，味美价廉，中亚各国的穆斯林在柯桥都学会了吃维吾尔族的抓饭、拌面、馕和烤包子。到了伽师瓜的季节，饭馆里有道免费餐后水果，就是正宗的伽师瓜，这仿佛是对喜食维吾尔美食者无声的犒赏。来这些饭馆吃饭的人越来越多，经常可以看到当地的回族人、汉族人出入维吾尔饭馆。

城市管理者的意图十分明显，想要在国内乃至国际把柯桥的轻纺生意做大，就得留住四面八方的生意人。他们十分明白，打开一座城市的大门，首先必须打开客商生活中被折叠的部分，同时打开自己折叠的那部分，充分展示自己的文化，也让别人的文化习俗得到最大程度的展示。世界各地各种肤色的商人，在这个中国南方小城的布匹市场，从容地将布匹折叠、打卷后，捆扎成结实的货包，运往世界各地。当地人十分理解，柯桥的轻纺产品占据全球百分之三十以上的市场，少不了这些行囊里折叠着礼拜毯的商人，他们参与着"新丝路"上的商业贸易。

丝绸之路上的一匹骆驼

玉素甫新租的公寓在柯桥万达商场楼上，玉素甫有他打开自身折叠部分的方式。去年，柯桥区"寻找身边的创客"，他被推选为新疆维吾尔族企业家代表，参加"创客梦想汇"演讲，他用汉语分享的创业故事，题目很有意思——《愿做丝绸之路上的一匹骆驼》。这个来自喀什的小伙子，总是把自己与"丝绸之路"和"负重骆驼"的意象联系在一起。这次演讲让他发现，比起那些不会汉语的维吾尔族老乡，他觉得自己简直可以做汉语主播。在柯桥的商场上打拼了十三年，打交道的当地人越来越多，汉语水平突飞猛进，跟家人在一起时用维吾尔语交流倒显得有点生涩了。为了不让母语功能退化，现在他也有意识地跟维吾尔族朋友交流，好借机打开一下维吾尔语的使用频道，锻炼一下自己的母语。当年在新疆大学新闻系当班长时，每周班会他都用维吾尔语陈述自己的想法，一口气能讲半个小时。他上大学选择了新闻专业，是想以后做记者，能多看看外面的世界。毕业后当实习记者不久，在喀什和柯桥之间做布匹生意的亲戚，让他对这种像"南北之间飞来飞去的骆驼"的奇特"两栖"生活产生了好奇。他随亲戚一起来到柯桥，也变成了一匹"丝绸之路上运送布匹"的骆驼。他被柯桥浓厚的商业氛围吸引，发现这里真是一个看世界的好窗口。

为了自己的热爱和选择，他也做出了相应的付出。夏天四十摄氏度的高温下没空调，冬天湿冷异常的天气里没热水，从喀什带来的一个厨师为他们三十多个人煮饭，伙食全然不像在家里那么可口。习惯新的环境和适应这里的气候，成了他生活中的主要问题。怀揣当逃兵的打算，熬到了第二年，他赶上了好时候，柯桥—乌鲁木齐—喀什—乌兹别克斯坦—柯尔克孜斯坦开辟了货运通道。布匹运到乌鲁木齐，不用卸货，直接托运到喀什后，装上自己的运输工具就可以运到世界各地。由于货物在路途上的时间缩短，柯桥到喀什这条线的布匹生意前所未有地热起来，他在喀什开起了布匹店，感觉成了其中最大的受益者。

新疆电视台的两名维吾尔族记者，去玉素甫家里取镜头。从记者的跟拍里，可以窥见像玉素甫这样的"创客"在柯桥的真实生活。

一进门，只见小小的客厅布置得像个工作间，办公桌上摆着台式电脑，卧室门楣上挂着他公司的招牌，公司是以他母亲的名字命名的。卧室里没有床，半边席地铺着毯子、褥子，半边铺着孩子玩耍的泡沫拼图板。暑期，玉素甫的妻子和母亲带着孩子回喀什了，玉素甫一个人住在这里。妻子的生活痕迹只有两个发卡，让人想象她的浓密长发。家里没有任何照片，一家人似乎在以一些印记的方式，来显现自己在这个空空的屋子里某种象征性的存在。

记者向玉素甫提问,首先是如何习惯南方生活的。从玉素甫所述可以听出,他平时很忙,很少有空停下来静静地反观自己的生活,从喀什的生活跨越到江南的生活,这些年来他在努力地平衡自己,积极适应当地的习俗,甚至变被动为主动。现在他在这里只顾埋头赚钱,不再对老家的生活加以评判。

刚来柯桥时,玉素甫多数情况下倾向于选择喀什的生活方式,而从小上汉语学校的妻子,完全挣脱了传统,抛开了那些古旧的意识。他与妻子之间的意见分歧,有时出现在对孩子的养育上。孩子感冒中暑,用喀什古巷居民传统的治疗方法,就是让孩子多喝开水,在孩子头上抹上蛋黄。妻子在柯桥这座现代化的城市里,根本不会听信几千里以外的电话里传来的土方子,这里到处是便利的医院,速效便捷。玉素甫有时候还是希望妻子能听听老人的意见,不要跟时髦跟得太快,妻子却只用几句话就把保留传统的念头彻底打消了。玉素甫辩解,南方人千百年来依然沿用着刮痧的老办法,妻子毫不犹豫地拿出儿童刮痧致死的例证来反驳他。

维吾尔语在他们这个家庭也像叠被子、叠衣服一样,被折叠起来,大面积的汉语环境中,玉素甫和妻子、孩子穿着出门的"外套"便是汉语。现在玉素甫已经完全融入了汉语之中,用汉语参加演讲还拿了奖。在语言和孩子的医疗方式上,情急之下也就不再跟妻子争论选择问题,在快速的生活节奏中根本没有机会去选择。哪一种方便快捷就用哪一种，也就成了必然。久而久之，在这个家庭里，传统和母语几乎被封存，打开的机会越来越少。有一次带孩子去医院看病，玉素甫发现医院开的一瓶药竟然是新疆产的，上面有维吾尔文的说明，他觉得既亲切又稀罕，要求医生多开几瓶。念着药瓶上的维吾尔文说明，他竟然生出一种自豪感。自豪之余，他觉得在这个城市，自己就像这标有维吾尔文的药瓶一样孤独。

渐渐地，玉素甫学会了平时很漂亮地折叠自己。折叠是为了在合适的场合下，更优雅、更自如地打开。偶尔带朋友或家人去维吾尔饭店，也成了一种打开和回归的仪式。在饭馆里，使用母语的机会是最充分的，与母语一同到来的还有那些熟悉的味道。在这样的环境里，母语和味觉一样，被保留在家乡的各种美食里，丝毫没有被移动或损失掉。

在玉素甫看来，折叠的过程，是收敛自己多余部分的过程。折叠起一些东西，也是为了腾出更多的空间，以便生活更顺畅，行动少一些阻碍。如同一把折扇，平时合着只看见扇骨和扇柄，打开时袒露出全部，那些折痕竟那么美，像是收放自如者的内心轨迹。有时折叠自己，是为了让他人有更大的展现空间，因为接连两个"自己"，指向容易模糊。有时候折叠似乎是必要的。折叠是一种谦让的姿态，比起不合时宜、虚张声势的展开，折叠的生活更张弛有度。

新疆电视台记者最终的关注点，很自然地集中到了玉素甫与当地人的关系上。玉素甫专门找到一个合作多年的当地生意伙伴，在她的公司里，他端坐在镜头前，用维吾尔语侃侃而谈，公司里几位高管充满好奇地参与了部分谈话。玉素甫觉得，信任、诚实、交流、合作，这样的词让他快乐，他相信，这也同样能带给大家快乐。其实，在一个国际化的贸易集散地，玉素甫与不少人建立了友好的合作伙伴关系。他与当地老板和异地商贩以及外国客商，都是团结协作的经济贸易关系，不同地域、不同民族、不同国籍的人，为了一个共同的目标，走到了一起。大家齐心合力做一件事情，关注点都在合作共赢，这种关系不再带有过多的其他色彩，不存在任何令人不安的紧张成分。除了一种通常意义上的生意关系，玉素甫也与当地人礼尚往来，这种交往以生意为纽带，合作日久，感情交流就会自然而然地生发和展开。

城市在快速地运转，时间在奔跑中掠过。七月，正是太阳火力最盛的时候。在这座繁忙的城市，炽烈的日光下，高温蒸腾，运河之水如煮。

玉素甫去工业园送样品，坐在车里，一路上他用熟练的汉语在电话里亲昵地称呼与他合作的公司的老总为"陈姐"。他们很默契，甚至有点亲昵地聊一些生意上的事情，比如今年流行布料的颜色、花纹。接着，他轮换用维吾尔语和乌兹别克语接了几通电话。电话里，新疆喀什的客户要求为布料拉毛，乌兹别克斯坦的客户斯拉木江要求为布料刺毛。斯拉木江为了当地人称呼起来方便，特意起了中国名字叶文中。玉素甫的乌兹别克语讲得很流利，他们在电话里交谈着，愉快从他脸上泛出来，城市反射出的光亮，不断打在他的眼眉上。打完电话，他拿起车里被毒辣辣的日头晒烫的一塑料瓶可乐，喝了一口，一边幽默地自我解嘲："咦，这可乐烧开了喝，味道竟然也不错。"

路边池塘里，荷叶像南瓜叶子，盖住水面，让人误以为下面是泥土。高楼像树林一样密。豇豆架旁的建筑工地上，脚手架旁黝黑的工人在烈阳下忙碌。玉素甫在这里住了那么多年，十年前，十六层的世贸中心是柯桥最高的楼。现在世贸中心在众多高楼大厦中变成了矮子。新建的金融大厦五十多层，就在世贸中心前面。以前，这一带都是稻田，马路中间可以随便停车，现在想停车根本找不到车位。

这里的老板基本上是泥腿子上岸，穿着三十元一件的T恤，做着上千万的大生意。那些开着大布匹店的，从不西装革履，照样穿着手工布鞋，怎么舒服怎么来，延续着农民的生活传统。住在柯桥的，无论是中国人还是外国人，都是奔着挣钱去的，没有时间享受，柯桥就像一个大的驿站，没有闲人。许许多多人来来去去，作一段时间的停留，只为把这里的布匹运往四面八方，变成金钱，因而人们的生活在这里被大幅度简化。

电视台继续跟拍玉素甫在柯桥的夜生活，从柯桥步行街广场的外围能看到的只有声势浩大的广场舞，跳舞的基本上都是汉族人，一些维吾尔族人羡慕地围观。今年初夏，玉素甫和朋友们在古廊桥下搞过一次维吾尔族"麦西热普"(歌舞),很多汉族群众也加入进来,一起跳维吾尔族舞蹈。玉素甫感觉自己的心灵在这样的活动中被打开,他对家乡、对亲人的思念,也在这样的时刻被打开。很多像他这样的维吾尔族商人,也在歌舞、音乐中打开自己,纵情欢歌跳舞。玉素甫希望更多生活在柯桥的维吾尔族人,平时生活中折叠的部分,在这里得以充分舒展。

最近,玉素甫在四处张罗成立柯桥少数民族联谊会。等赚了足够的钱,他想在柯桥搞一个有民族特色的新疆大厦,集吃、住、玩于一体。在柯桥建少数民族的幼儿园也是他内心的向往。柯桥顶多算个四线城市,但光地皮就涨到好几万一亩,这让他觉得现实与梦想之间还有巨大的奋斗空间。他用自己的眼睛观察到同乡们生活中更多没有被打开的部分,他看到了商机,同时又希望能为他们做些什么,使他们在异乡的生活更为自如,好吸引更多的同乡走出新疆,到南方创业打拼。

阿娜尔古丽的自卑、焦灼和煎熬

阿娜尔古丽是这座城市里的隐身者,她的工作就是在家里围着三个孩子转。她十六岁跟着未婚夫来到柯桥,在柯桥待了十年,恋爱、结婚、生子,她全部的青春记忆都保留在这个地方。

现在回到新疆,她反而有种恍然如梦的陌生感。这种感觉让她自己也感觉有些吃惊。她平时户外活动的范围,大多在柯东廊桥下的步行街,她家就在步行街往东的巷子里的一幢居民楼上。这里几幢居民楼里的住户,多是新疆来柯桥做生意的维吾尔族人。居民楼下,有好几家中档的维吾尔餐馆,到了晚上,餐馆里坐满了来自世界各地的布商。可以看到维吾尔族人全家出来聚餐,常有细腰长腿的维吾尔族姑娘出入餐馆。从餐馆橱窗透明的玻璃看过去,美女如画,秀色怡人。餐馆里一年四季羊肉最为走俏,外面高温四十多摄氏度,里面依然是羊肉抓饭、羊肉包子、烤羊肉串、炖羊肉块、爆炒羊肉丁。吃完羊肉,喝一碗凉凉的自制酸奶,羊肉里的火气自然就浇灭了。手工酸奶和酸奶加冰制作而成的"多哈普",常被当作羊肉餐之后的"灭火器"。

尽管天气热得人一出门就像掉进了馕坑,而"那瓦伊"(打馕师傅)仍然在六十多摄氏度的高温馕坑前打馕。从维吾尔族人来柯桥做布匹生意开始,这条街上就开起了饭馆。需要有馕,于是有了馕;需要有烤肉,于是有了烤肉。阿图什人开的饭馆里,维吾尔族小伙子一边打馕、烤羊肉串,一边听手机里吾麦江·阿里木的歌——伊犁的维吾尔族老歌。每个维吾尔饭馆门前都有馕坑,柯桥每天卖出去的馕就有一千多个,除了维吾尔族人,游客和当地人买去的也不少。

柯桥维吾尔家常饭馆的营业时间,按布商的作息时间起止。等商贩们逛完市场,饭馆也准备好了午饭。夜宵,有面肺子、米肠子、多哈普、凉皮、凉粉。吃完了,可以到楼上的剃头店洗个头,刮个胡子,吾斯塔木(师傅)是维吾尔族的,知道维吾尔族人喜欢理什么发型。柯桥的时尚理发店理出来的都是流行的韩国发型,只有维吾尔族的年轻人能够接受。阿娜尔古丽的儿子就理了韩国帅哥的发型,夏天凉快,她称那种发型叫"公鸡头"。年纪大点的维吾尔族人进了当地人开的理发店,无法说清楚自己想要的发型,怕闹笑话,多半会进维吾尔族人开的这家理发店,即便不理发,也可以蹭蹭免费空调,说说笑话、聊聊天。

阿娜尔古丽丈夫的老家在喀什阿图什,家族三代人都做厨师。她丈夫来柯桥做布匹生意,亏了,还想在柯桥待下去找机会翻身,只好做回老本行开饭馆。

阿娜尔古丽跟她丈夫是维吾尔族"丝路饭店"的常客。她丈夫嫌自己的饭馆不够大,筹划着开个大点的饭店,夫妻俩周末有空就带上孩子,在柯桥几家有名的维吾尔族人开的饭馆吃饭,为的是考察人家的饭菜和服务。

一坐下来,服务员就提来一把搪瓷壶,壶里泡出的玫瑰花茶,犹如天堂之物。饭店用食物说话,不冷落任何一个客人,用菜留客人。大盘鸡还没做好,客人需要等,服务员不用语言道歉,而是倒上上好的玫瑰花茶,摆上馕和凉菜"拌三丝",让顾客免费吃着喝着等饭菜上齐。

有个穿灰色长袍的外国人大概觉得大盘鸡对胃口,一人点了一大盘。麦麦提图尔逊很感慨:"能吃到大盘鸡,这个也门人应该敲达卜(手鼓)庆祝了!在柯桥想吃大盘鸡,不来这里,只有自己买鸡自己炒,或者掏几十元加工费找饭馆加工。"

离"丝路饭店"不远,有家帕米尔餐厅,是阿娜尔古丽的喀什老乡开的,在苏州、杭州都有连锁店。生意好得不得了。内地的维吾尔饭店,基本上是为新疆的生意人服务的,都是跟着生意人走,柯桥的布匹生意火起来以后,维吾尔饭馆越开越多,十几家饭馆家家好生意。十几年开下来,当地人占了食客的一半,在柯桥,烤羊肉、馕、抓饭、拉条子、薄皮包子等维吾尔饭食跟南方的米饭、炒菜一样走俏。

阿娜尔古丽跟丈夫谈恋爱时,经常在这些饭馆里约会,柯东廊桥曾是他们牵手漫步的浪漫去处。现在她和丈夫常常牵着三个孩子在桥上玩耍。柯桥给了她无数美好的记忆,也给了她一丝家乡的感觉。如今坐在廊桥上,恍惚间她会忘记自己身在何处。南非的黑人、大胡子的阿拉伯人、穿白衣白袍的伊朗人和头上裹着缠布的印度人,在廊桥上走来走去,廊桥像一艘国际航船,不知道从何时起,就泊在杭甬大运河的柯桥段。阿娜尔古丽听当地人说,这里在清代还是繁华的航运码头,杭州的丝绸通过这里运到各个地方,那个时候就有新疆人来这里做丝绸茶叶生意。说这些话的时候,阿娜尔古丽神情里透着几分自豪。

阿娜尔古丽大夏天依然穿着长袖外套、长裤,戴着头巾,她说习惯了这里的闷热。近四十摄氏度的高温下,她每天以这样一身装束奔忙。她一天所有的工作就是做饭，给上初中、小学和幼儿园的孩子送饭。学校里没有清真饭菜，这让她在高度工业化的社会，彻底恢复到农业时代妇女的角色，她认为做妻子和母亲是最神圣的职业，为孩子的教育牺牲自己也是值得的。听不出她这话有多少是出于无奈，有多少是心甘情愿。

在我的要求下，她带我去看了她住的房子。房间的装修竟然是维吾尔族风格的，在柯桥看到这种装修风格，我很意外。阿娜尔古丽去过周围几户人家，统一都是这种风格，木头栏杆围着卧室，客厅低下来几个台阶，没有沙发和茶几，客人都席地而坐。我怀疑当初开发商开发楼盘时，就考虑到买主多半是维吾尔族人，才把室内装修风格设定成现在这样。阿娜尔古丽建议我去万达、银泰那边看带电梯的高层商住楼，她的三个孩子非常喜欢去那里逛街。她眼睛里亮闪闪的："那里的房子都很漂亮，孩子们喜欢乘电梯玩。"听得出，那种生活环境才是她内心真正向往的。

坐在简陋的屋子里，阿娜尔古丽闪亮的眼睛变得有点生涩，她随着我的目光打量着屋子的角角落落，一副既自卑又茫然的神情，仿佛坐在了别人家里一样不自在。自卑和对自卑的对抗，交替出现在她光洁的额头和轻微的黑眼圈上。她没有端茶倒水，也毫无留我久坐之意，眼神间反而有一种焦灼。我感觉我的久坐，会对她造成心理煎熬。临走，我看了看满屋子的化纤地毯，那也许是柯桥当地产的。一种文化产品是有它的尊严的，无论它出现在多么贫寒的地方,那些维吾尔族风格的艳丽花纹,多多少少为她挽回了一些面子。我似乎从这自卑中间,窥出了她想要的生活和她现在与那种生活之间的距离,她在为自己眼下的生活状况,跟她设置的理想生活的差距而自卑、焦灼和备受煎熬吧。不过,相信这样的情形很快会好转起来。

满市场的样布沾上了他的手汗

在柯桥,玛合木提江无论到哪里,都骑着他那辆红色电动摩托车。每次过马路遇红灯停下来,他都会不失时机地向举着小旗子指挥行人的大叔,用简单的汉语打招呼:"您好吗?""热不热?""吃饭了没有?"在柯桥二十年,他每天都想表达对这座城市的爱,还有对路上熟面孔的谢意。无论是擦肩而过的路人,还是商场服务员,连街上的清洁工,他都一概不放过,恨不得跟他们多操练几遍他那几句半生不熟的汉语。有时候,他惊奇于自己竟然用这么简单的交流方式,就打开了这个看起来既现代气派又深不可测的城市。

用友好的问候打开的,还有他一年好过一年的布匹生意。到了布匹店里,他喜欢找张凳子坐下来,用最常用的话语跟老板寒暄几句,讲讲自己在家乡的生意情况,讲讲大儿子开的饭馆,大儿媳妇开的窗帘店,还有小儿子开的布匹店。一大家子的生意运转、生活开支,都是靠玛合木提江发过去的布匹,柯桥是他滚滚的财源地,他对这块地方藏着深深的感恩。

玛合木提江十七岁跟父亲做铁匠,抡了七年铁锤后,又去俄罗斯做了五年生意,在异国他乡,吃过不少苦头。二十世纪七十年代,新疆的维吾尔族人就在杭州、苏州、上海做起了丝绸生意。二十世纪八十年代末,喀什、乌鲁木齐来柯桥的人渐渐多了起来,他们驻扎在柯桥,贩运丝绸等轻纺产品到新疆喀什,再从喀什集散到中亚各国。他弟弟就是那时候来柯桥做布匹生意的。边境贸易兴旺起来,玛合木提江考虑到在俄罗斯做过生意,有生意头脑和边贸经验,就让弟弟回到伊犁经营布匹店,自己到柯桥发货。现在哥哥有个儿子,跟着玛合木提江学进货,也算是家族的"后备布匹商"。

这二十多年来,中国轻纺城几十倍地扩大。能在二十年前就加入在柯桥做布匹生意的维吾尔族人行列,玛合木提江对自己的前瞻性眼光很得意。玛合木提江对柯桥的评价很简单直接:"柯桥亚克西"(柯桥好)。他说的好,蕴含着太多的东西:这里的环境,这里的人,这里的布料,最重要的是通过柯桥这个地方,中国轻纺城的布匹沿着丝绸之路,绚烂于世界各国。对于活跃在柯桥的新疆布匹商来说,他们运送布匹的路途堪称一条"新丝路",让玛合木提江感到骄傲的是他对这条"新丝路"也有所贡献。

布料市场是生意人的家。他们必须不断地跑市场，在各色布匹的海洋里寻找自己的财富，训练自己"寻金"的眼光。玛合木提江每天睁开眼睛后的任务就是寻货，期待遇上便宜的好货。维吾尔族的布商们，每天穿梭在柯桥的各大布匹市场，寻找稀缺货品。在新疆同一个城市里开布匹店，不撞货是生意规则，免得坏了别人的生意。由此，维吾尔族人找货的眼光锤炼得特别敏锐。

玛合木提江每天一大早在坯布市场的干菜泡饭、竹凉席和布料气味中穿行。他向留大胡子的伊朗人、穿长袍的巴基斯坦人抚胸致意，时不时地与头上裹着缠布的印度人擦肩而过，一不小心就跟满市场转悠的南非黑人撞个满怀。他不断地跟市场里的当地商贩打招呼，热情地向他们伸出毛茸茸的大手，握手，再握手，满市场转着握紧江南人一只只瘦小精干的手。他对布匹的熟悉程度和那种气势，像是来视察市场的。合作伙伴之间，手默契地相握，相互问候，来了，又见面了，去了，下次再见。他对一堆堆布匹行注目礼，仔细去摸那些新上市的样布，买与不买，摸这个动作本身，恐怕都暗示着一种喜欢、试探和变相的占有心理。

在喧嚣的人流中，一转就是一天、一月、一年，这二十年来，他似乎只忙这样两件事——在柯桥找货，然后托运到伊犁。他在这里度过了整个壮年。玛合木提江天天跟年轻人打交道，他几乎忘了自己的年龄。在柯桥，他跟三个年轻人住宿舍，出门碰到搞布匹、搞托运的也多半是年轻人,他像过单身汉生活,也没有多的负累,很少碰到同龄的维吾尔族人暗示或提醒他的年纪。在市场,猛然看到一个高大、帅气的维吾尔族小伙子,周围的人纷纷投来艳羡的目光,他会停下来,很羡慕地看着帅小伙享受着自己二十多年前曾经享受过的目光,有时候甚至觉得自己变成了那个英俊的年轻人。等猛地抬头看到镜子里的自己,他会吓一跳,他不相信自己已经是个半老头子了。

　　玛合木提江说自己是靠脚走、眼看、手摸赚钱,几十年国内外经商的经验,让他显得比这里一般的商人更有主意。他懂得每天把说好话和做好事当成习惯,跟人做生意讲价钱,要为对方和自己留有余地,不能伤了和气。这一回的和气,有可能就是为下一回的利润打基础。市场里的摊贩都叫他"老新疆",他们跟他很有交流的欲望,他把会的一点汉语搜肠刮肚拿出来与他们喧谎。即使不买东西,与风趣幽默的玛合木提江聊聊天,也能满足南方人对维吾尔族人生活上的好奇心,让他们觉得很开心。南方的布料商贩知道,"老新疆"们每天在市场里来来去去,早晚都会有大宗生意跟过来。当年乌鲁木齐的维吾尔族人把巴基斯坦商人带到柯桥,让他们看到这里有大市场。维吾尔族人亲眼看着这里慢慢变成了国际布料"大巴扎",连南非的黑人也从广州跑到柯桥来贩布料。这里有不少维吾尔族人,一边自己做布料生意,一边给外国客商做翻译。翻译在这个市场里的重要作用,几乎相当于外贸纽带和国际桥梁。

坯布市场里，到处是艾德莱斯图案的丝绸面料，还有商家按维吾尔族人喜好设计的镀花丝绒。打好卷的各色布匹像巨型肉肠一样，码在店家门口，等待被运走。玛合木提江在闷热的市场里大汗淋漓，有个高个子的当地摊贩，指着他的后背前胸都湿透了的暗红T恤，让他换一件干的。玛合木提江解释着，这么大的柯桥，竟然找不到一件他能穿的大尺码T恤。他比比画画，试图将他的故事告诉关心他的这位商贩：某天进了商场，他要给孩子买衣服，服务员也拦住不让拿。反复声明不是他自己穿，服务员才同意他拿衣服。他指着自己身上的特号衣服，说："这件是新疆带来的。还有一件在电瓶车座下面，中午去礼拜，洗了澡再换。"摊贩似乎听明白了，拍拍他的肩膀，点点头。

他抱怨偌大的超市竟然没有手绢卖。那个摊贩从他的一卷样布里，剪了一块白色的递给他，他接过来捏在手里，感受了一下说："纯棉的，很软。"他迫不及待地用那块棉布去擦光溜溜的脑门上流下来的汗，擦完装在胸口的衬衣兜里，跟那个摊贩握握手，表示感谢。他记得上次买了他的货，装货装得满身大汗，摊贩让妻子把玛合木提江汗湿的衣服洗了，那天他没带其他衣服，摊贩拿了一件自己的T恤给他。T恤够长，就是不够宽，玛合木提江将它裹在身上，肚子更明显了，市场里熟悉的人见了，都指着他的肚子问"几个月了"。

玛合木提江把这一两个月来进到的货，一共三吨，全部打卷后，存放在一个当地商贩的仓库里，打算等货找够了，再一起托运回新疆。他很满意地夸赞托运部的汉族小伙"司马义"能干,"司马义"跟托运部的维吾尔族人打交道,学会了维吾尔语,还给自己取了维吾尔名字。玛合木提江发现一些用于布匹打卷的芯子不是牛皮纸筒,而是竹竿。他摸了摸竹竿露出的部分,用维吾尔语对"司马义"打趣道:"哈萨克大嫂们买了这圈布做了枕头褥子,那些竹竿随着这些布料到了伊犁的深山牧区,当木头杆子用在哈萨克牧民的毡房里。我们把南方的布料运送到新疆,也把南方的竹子插在北方的泥土里,过几年弄不好会长出竹子来。"

路过几个布匹摊子,商贩们都在准备午饭,玛合木提江感叹当地人吃饭和打麻将时,再大的生意都搁下不做,他嫌他们不明白"做了才有饭吃"这个道理。在新疆,只要有顾客进门,放下饭碗也要做生意,大概这里人多,生意兴隆,布匹不愁"嫁"不出去。玛合木提江穿行在干菜笋汤和绍兴黄酒的气味中。路过一家平绒行门口,见年轻时髦的老板娘在店里用电磁炉炒田鸡,冲她做了个鬼脸。玛合木提江在菜市场看到过当地商贩宰田鸡,精细地剥皮后,本来鼓鼓的田鸡身子变得很小。

老板娘给门口一条温顺的大白狗放了一碗泡饭,上面漂着些青菜。玛合木提江很惊讶,这只狗与新疆吃肉的狗不同,竟然肯吃素。老板娘边吃田鸡,边听越剧,狗吃完青菜米饭,也竖起耳朵似乎在听。

玛合木提江与这家平绒行打了多年的生意交道,每次从新疆回来,他都给当地朋友带一大箱新疆特产,红枣、葡萄干、酸奶疙瘩、黑蜂蜜、奶油。老板娘已经养成了吃新疆特产的习惯,每次咀嚼着新疆的美味,总是夸赞万千。玛合木提江邀请老板一家秋天去伊犁参加儿子的婚礼,老板和老板娘都停下手中的活儿,仔细询问参加维吾尔族婚礼的礼仪和禁忌。柯桥人没有多少与其他民族打交道的经验,双方都在试探中不断调整自己。

老板娘吃饱了,靠着柜台站着,顺手拿起指甲刀剪指甲。玛合木提江指着她脚边的凳子,让她坐着对着垃圾篓剪。她疑惑地看看他,看到他目光里的坚持,只好放下指甲剪,问他喝不喝水。气氛缓和了,玛合木提江拿出自己的瓶子,让老板娘倒了水,愉快地喝起来。玛合木提江想制止老板娘当着他的面剪指甲,却无法告诉她,当着客人的面剪指甲的做法是维吾尔族忌讳的,被视为不卫生、不礼貌。交流回到让玛合木提江下次回伊犁时再带黑枸杞和鹰嘴豆这个话题。附近店铺的老板娘们都凑过来,谈论热点转移到与维吾尔族人做生意中碰到的问题。比如,过去多有新疆人欠货款,现在不再有欠款了。大家讨论的话题最终又转回到了以后用什么方式把黑枸杞带到柯桥。好像黑枸杞是某种润滑剂和特效药,可以弥合刚才因剪指甲引起的某种裂隙。

去吃午饭的半道上,玛合木提江去了牛羊屠宰点。正午时分,太阳火力全开,身上的毛孔被烤着,汗来不及渗出来就烤干了。牛羊屠宰点原来设在运河的廊桥下面,怕牛羊血水和内脏污染河水,政府批准搬到了这里,定点屠宰。他买了一点羊肉,打算晚上煮肉吃。

中午他在"丝路饭店"吃了一大盘拌面,喝了一壶玫瑰花茶,起身去礼拜点做晌礼。每次他到礼拜点总是比别人晚一步,这样的时候,礼拜点的净身沐浴处不那么拥挤,他可以不慌不忙,把浑身的汗渍和热气用温水冲洗干净,再换上一件随身带着的干净的上衣做礼拜。

玛合木提江的"天鹅"和"肉汤"

每天转完市场回到临时住所,玛合木提江喜欢看从家里传来的视频。花朵盛开的院落,翠绿的葡萄架,维吾尔风格的大平房,宽大敞亮,他在家的时候,那里演绎过无数亲朋好友相聚的场面。而他真正的安身之所,应该是他在伊犁的家,那里有他的妻子、孙儿一大家子亲人。

近段时间,玛合木提江突然变得越来越不想回临时住所了。几个疲惫的同行,打包了一天货,回到住所倒头就睡,屋里死一般的寂静。九十平方米的三居室,五个人住,就是为了那一万八千元年租金平摊到每个人头上的金额能少一些。陈设都是十分简易的,住了二十年,他和时不时过来陪他的侄子两人的全部家当,用两只皮箱就能带走。他似乎没有把这里当成真正的生活居所。

  玛合木提江像春心萌动的少年一般，显得有些反常。他常常一个人在傍晚时分，洗了澡换了干净的衣服，骑着电动自行车，在一处高档别墅群旁出没。原来河对岸的豪华别墅群，像一群美女，吸引了他的目光。他默默地与别墅隔水相望，像一个单恋的人对着可望而不可即的美人凝眸，这成了他在异乡孤独奋斗之余的一大享受。他似乎把自己对遥远家园的想念，暂时置换成了对近在眼前的江南别墅的向往。起初，他总是拿家里的房子跟别墅比，想说服自己，不要坐在河边做白日梦。玛合木提江在家乡的房舍几近豪华，可他两个月才能回去一次，每次回去待不了一个月，又得回来看货、打货，其余八个月的时间，他都窝在那个临时住所里。他的日子好像被切割成一截一截，工作的忙碌填补了他大片的时光，空下来独自一人的时候，等待的无奈和焦灼像大面积的黑屏，让他备受煎熬。

  别墅再好，家人不在，这样一想，心也是空的。他一年在柯桥待八个月，只有在家里的那四个月，才是团圆的日子，儿孙满堂，跟外面孤身一人的感觉不同。可是南方有他的大生意，柯桥有他生存的根本，他必须回来驻扎在这里。他向往当地人那种不用离乡就能赚钱的生活方式，不用把那么多精力花在路上，不用两头奔忙。当家成了日夜思念的远方，他的梦想向着这个离家几千里的水乡、他奋斗了几十载的地方，不知不觉地挪移。梦想的确会悄悄改变一个人的前进方向，就像日日夜夜的风吹动着树木，吹得久了，树木也会顺着风向倾斜。玛合木提江看到那些别墅，就像年年岁岁在海里漂荡的人猛然看到了陆地，急切到恨不得跳到海里快速游过去靠岸。尽管他知道对岸不是家乡。在异乡奋斗得累了，海市蜃楼也会成为一道风景亮丽的岸，可供远航的人在幻想中栖息。

玛合木提江的胡楂，像霜针从粗粝的皮肤里刺出来，每一根都带着银色的希冀。他一遍又一遍假装路过高档别墅区，为的就是多看一眼那幽静、高贵的住所。那些三层楼的别墅，每栋风格都不同，每栋他都看不饱。看得眼睛发热，汗水模糊了视线，他停下电动摩托车，站在路边，隔着栏杆伸长脖子，凝望河对岸别墅窗户里隐约透出的屋内陈设。他忍不住叹息，如果在这样的地方，买上一栋这样的别墅，再买一辆好车，每天往新疆发完货，开着车回到别墅里，脱掉汗湿的衣裤，躺在干净的浴缸里泡个热水澡，换上丝薄的睡袍，打开空调，躺在客厅沙发上看看电视，或者在柔软的卧室床上好好睡上一觉，醒来有妻子儿孙在眼前，那就是一幅完美的生活图景了。

他刚来柯桥时，一栋别墅才五十万元，他买不起，现在涨到了几百万元，他只能画饼充饥了。他笑了笑："我这样爱做美梦，是不是有点想逮住飞在空中的天鹅的嫌疑？"他说这些话的时候，半靠在晒得发烫的电动摩托车上，他黑红的脸膛，就像烤熟的馕。他有点不屈地为自己打气："这是强者的世界，靠梦想支撑自己也没有错。电视里也说，中国梦，是每个人的梦。这里的机会都是给那些有头脑又勤劳的人,好运气总会先朝着有梦想的人靠近。"

在商场打拼了几十年,玛合木提江明白了不少事理。他说,过去的人有句老话,读了三本书的人能做市长。那些上过大学的人来到柯桥,开公司、开工厂,坐在办公室指挥工人干活,我们这些人每天骑着摩托车跑断腿,干着许多当地人不愿去干的事,说到底还是跟在人家后面跑,是因为文化基础不一样。所以绝不能让我们的孩子输在起点上。

玛合木提江拿下盖在电动摩托车上的一块布料,铺在水岸边的石阶上坐下来,斑斓的灯光打在他脸上。一个南方老年男人提了塑料水桶,在水里洗衣服,一个中年女人端了塑料盆,坐在水边洗头洗脚。他有点不赞成在河边洗东西,但是他佩服他们为了节省水费做出的努力。湖边台阶上坐着的男人丢了一个矿泉水瓶子,瓶子漂到了女人脚边,她捡起来放在盆子里带走了。玛合木提江夸赞了女人的这个行为,认为她捡了垃圾为环保做了贡献,也为自己赚到了一毛钱,而家乡的女人是看不到这些的。这是南方女人会过日子的表现。好的都要学,坏的不要学,他下了这样的结论。他说伊犁有一所努尔泰阿吉创办的孤儿学校,南疆北疆的孤儿都在那里免费受教育,玛合木提江希望以后自己也像他一样做点公益,这样做既符合教义,又有益于社会。

他习惯性地打开手机,默默翻看着两个月前离开家之前在家里拍的视频。火红的芍药和玫瑰开得正繁,葡萄架下大宴宾客，一岁的孙子啃着羊排，干果、水果等美食堆满了达斯汗（餐布）。他说他最近经常一个人坐在别墅对面，打开家里拍的视频看，可能是怕自己会迷失在梦想里。玛合木提江也会打开这些视频给南方人看。当地的商贩经常问玛合木提江，新疆维吾尔族人家里跟内地有什么不同。他们感到很意外，还以为新疆到处是泥土路，玛合木提江一家还住着地窝子。玛合木提江不会用汉语形容，当地老板看到他家里豪华的装修、阔绰的陈设、漂亮的店铺，毫不掩饰自己吃惊的表情。这让玛合木提江哭笑不得，他能感觉到在他们的吃惊背后，隐含着对新疆生活诸多的不了解。

舌头不灵，生意没有出路

跟玛合木提江同室而居的阿布拉江，十年前在柯桥开了家贸易公司，把柯桥的轻纺产品卖到迪拜、阿联酋，新近又在伊犁开了服装公司和布匹店。他在柯桥给阿富汗、印度、巴基斯坦人当翻译，跟吉尔吉斯斯坦、乌兹别克斯坦、塔吉克斯坦人打交道，阿布拉江也能够听懂他们的语言。他把各国客户介绍到杭州、上海、苏州和义乌等地的丝绸工厂，当翻译和中间人的酬劳相当可观。

新疆工学院计算机系毕业的吐尔洪在柯桥开了布料烫钻厂。往布料上钉水钻，只有中亚各国的穆斯林和中国新疆的维吾尔族喜欢。外商和新疆老乡的货源，很多是通过阿布拉江介绍的。阿布拉江每天发大量照片给外国客商和新疆的客户们，为吐尔洪招揽烫钻生意。他成了吐尔洪与其他客户之间的中间人，每个在柯桥需要找烫钻企业的客商，也就成了阿布拉江潜在的客户。

阿布拉江十六岁来柯桥，在巴基斯坦人开的饭馆洗碗、端盘子，跟巴基斯坦人学会了乌尔都语。后来迪拜人看到了他会乌尔都语的优势，让他去公司当翻译。他做梦也没想到这辈子会到柯桥既做翻译又做布商。现在，他常常拿着维吾尔族、哈萨克族等民族喜欢的花色，找工厂订货，然后发往伊犁等地，整个伊犁偌大的市场几乎被他用发光钻面料喂饱了。

阿布拉江跟市场上的翻译兼布商一样，不但懂乌尔都语，还能帮外国客商从布料市场上挑选最合适的花色。阿布拉江为中亚客商介绍店铺后，店铺的布料往往被客商席卷一空，让旁边开店铺的当地人目瞪口呆。后来，有的当地商贩自甘把店铺以四五万元的年租金，租给类似阿布拉江这样的维吾尔族人。有十几个比阿布拉江来柯桥更早的阿图什人，在柯桥坯布市场租了二十多间店铺，批发柯桥厂家的轻纺产品。每上新货，中亚和南非客商抢着购货的情景，时常出现在阿图什人的商铺。

阿布拉江认为，给中亚和南非人做中间商，维吾尔族人能占上风,主要是因为维吾尔族人对他们的生活习惯、色彩爱好、服装审美比较了解,长期做他们生意的维吾尔族人,多少懂一点他们的语言。维吾尔族人无法深入地了解内地汉族人的审美,这主要因为他们不太懂汉语和汉字,这让他们跟内地汉族人做生意有了先天不足。维吾尔族人想把布料生意做到杭州、上海、北京去,学习汉语言文字是当务之急。

阿布拉江特别佩服阿图什商贩不怕吃苦,"不达目的不罢休,赚不到钱不回家"的劲头,他们有生意头脑,在新疆也是出了名的。在柯桥的维吾尔族商贩,百分之九十是阿图什人。从柯桥运往阿图什的布料,每天就有两百万米之多。阿图什人在柯桥包下了好几个生产企业,把这里的布料卖到莫斯科等地。这些阿图什商人百分之八九十在国外开了自己的店铺。可在国内进货,他们中的大部分人,仍然在吃"舌头不灵活"的苦头,如果会汉语,在柯桥进货的价格可以降下来不少。

在布料市场内,阿布拉江经常遇到则比皮拉,一个浑身肌肉的维吾尔族男人。阿布拉江每次购了货,都找他把布匹用平板推车从店铺里推出来,再把推车上的布匹扛到中型货车上。则比皮拉身上披着一块布,中间掏了个洞,护住肩臂,露出两腋,阿布拉江说这是则比皮拉自己制作的"扛包服",既能防止肩臂磨损,又能当汗巾擦汗,一衫多用。

则比皮拉是阿图什人,为了供养三个孩子读大学,他来柯桥扛包挣钱。他出生在阿图什的依克萨克——维吾尔族新型教育的奠基者穆萨阿吉木的老家,那里至今保留着好读书的传统,再穷的人家也至少要供养一名大学生。在柯桥四个大型市场做搬运工的阿图什人就有两百多人。让阿布拉江遗憾的是,许多像则比皮拉这样的维吾尔族人,如果能够弥补不会汉语的缺陷,凭借他们多年来对柯桥布匹交易市场的了解,完全可以不做搬运,去做布匹商了。

市场上的维吾尔族布匹商,都很羡慕像阿布拉江这样会汉语又会外语的人,不用费体力,光靠舌头搞搞翻译,在柯桥也能致富。阿布拉江的名言是"舌头就是金钱",做生意,舌头不灵,没有出路。不少在柯桥做大了生意的维吾尔族人,又去杭州、苏州开公司。这些人有个共同点,就是精通汉语。在柯桥做生意的维吾尔族人的观念里,不读书发不了大财,现在又加上了一条,学不好汉语也发不了大财。阿布拉江很想介绍更多的维吾尔族老乡来柯桥,但考虑到语言不通、气候难以适应等问题,一直犹豫再三。

阿布拉江像个活导航,柯桥角角落落的厂家、托运部,没有他不知道的。他经常带着布匹商跑客运总站发货。布商们将选好的布匹运往国际物流中心托运站,装上长途货车,再发往全国以及世界各地。有好几个新疆维吾尔族人在柯桥托运站开了托运部,生意旺时,一个托运部每天有一百五十多吨的货物运往世界各地,生意淡的时候一天也有五十吨。

在这里,叉车代替了人力装车,大包大包的布匹,被巨手自如地装上长途货运汽车。跟古代的丝绸之路相比,在现代,运货车代替了过去负重的骆驼。阿布拉江说,其实可以想象,每一个托运点都是新丝绸之路上的一个驿站,运货车把柯桥大宗的货物驮到新疆,再集散到中亚各国。

阿布拉江喜欢湿润多雨的江南,喜欢这里的亚热带季风气候。浙江是布料和丝绸的华都,离柯桥不远就是丝绸之都杭州,还有舟山——这个海洋经济比重全国最高的地级市。

说起海洋,阿布拉江有点惭愧,他来柯桥十年,一直没见过大海,跟他同宿舍的三个人也都没见过大海。阿布拉江认为自己在柯桥担任的最重要的一次向导,就是和与自己同室的三个伊犁老乡去看一次大海。2018年7月20日,阿布拉江和他的三个同室,终于实现了看海的愿望。

看海之前的后勤筹备工作,交给了玛合木提江。去看海的前夜,玛合木提江买了五斤羊肉。第二天清晨四点,兴奋得睡不着觉的他,起来切皮芽子(洋葱),炒了一锅皮芽子炒肉,倒在一个大铝锅里,底下垫了五个松软油酥的大馕。密封好带上,准备带到海边野餐。

到了舟山的海边,谁都不相信自己真的看到了海,他们几乎同时发问:大海就是这样的吗?海水就是这样的吗?然后各自尝了一口海水,发现是咸的,果然是海!四个人一阵手舞足蹈地欢呼之后,又同情起海里的鱼来:海水这么咸,鱼怎么生活?转而讨论,盐碱地的羊肉好吃,海里的鱼应该比淡水鱼更鲜美吧。两次激情的海水浴之后,他们在岛上渔村想象着海鱼的味道,就着腥咸的海风,端着大铝锅,吃完了玛合木提江清晨起来炒好的一锅羊肉和馕。

大海太美了,路边的树开满了花。岛上有淡水淋浴,还有可供休息的吊床,四个人在海边玩得一个比一个兴奋。阿布拉江、玛合木提江、苏莱曼、买尔丹的手机微信,不断配乐发送着沙滩、海湾、岛屿、礁石、船只的视频。阿布拉江的微信朋友圈里,发出了他们游玩的位置:舟山大青山国家公园。

手机握在他们颤抖的手中,镜头贪婪地对准大海,他们恨不得将整个大海都拍进去带走,海水的起伏在手机里显得更加动荡。蓝得没有一丝云影的天空,明朗得如同他们的心情。难得的海边休闲时光,难得一见的岛上风物,海风扫过开阔的海面,让这些来自离海洋最遥远的地方的人,内心的生存压力得到了释放。他们穿着长裤,赤着脚踩在被海水濡湿的沙滩上,海浪层层叠叠涌上来,仿佛在迎接从手机里传出的维吾尔族歌曲:

金钱是这样的尤物吗?
将世上所有美丽司空见惯。
大海是这样的包容吗?
将世上所有美丽拥揽入怀。

人生的悲歌与大海的慨叹相互交错,像浪花击打着浪花,起起落落。海水荡涤着沙滩,荡涤着为生存奔波的辛劳,荡涤着物欲的热浪,留下无边无际的自然之美,让他们初见之下无比留恋的辽阔的海洋世界,既熟悉又陌生,既真切又飘忽。

太阳在天空注视着大海,与沙滩上这些弄潮者的眼睛久久对视。

一 在聚居的空气中

第一夜

　　猝不及防,黑地里一声短促的"萨拉姆"(维吾尔语,致敬、祝福之意),让小院忽地亮了一下,翦象党右手抚胸站在我面前,问候的语气里透着维吾尔族人的幽默。旁边站着他女儿翦尖,以手抚胸,低眉颔首。在湖南桃源县枫树维回乡维回新村一个农家,看到湖南人隆重地行维吾尔族礼,我惊奇得一时竟忘了该怎么反应。翦尖拉我走到小楼前,一把推开一楼的门说:"您就住我出嫁前的闺房。"竹沙发、木床、小桌几在灯光下猛然亮了,翦象党的问候和他女儿那句不断重复的"自己人",让我有种"到家了"的感觉。这对湖南桃源翦姓维吾尔族父女,口里说的是汉语,面部表情和肢体语言却是维吾尔族人的,这让我有种幻觉,仿佛维吾尔族那些古老问候语,像深秋的葡萄一样一长串一长串挂在我们之间。

夜晚，在翦尖的闺房里，翻开枕边一本薄薄的《湖南维吾尔族》，书中翦伯赞的一段话吸引了我：

历史上有些突然发生的事情，真是令人想不到的，当我的远祖住在塔里木盆地的时候，他们做梦也没有想到他们会东徙中国本部。但是十三世纪初鞑靼人的世界征服，正像一阵狂风暴雨，横扫世界而过……我的远祖哈勒，就在这暴风雨的时代中，不自主地离开了他的故乡，徙向中国内地……谁知到了十四世纪中叶，历史上又再刮起了一阵狂风，把鞑靼征服者扫出了中国，在这次历史的风暴中，我的始祖八士遂又像沙砾一样被卷到湖南。他虽到湖南，但也并没有预备留下去，所以我的三世祖常蒲，还是宁愿辞官不做，回到故乡去了。想不到常蒲的兄弟常黎，他却愿意留在湖南，这完全是偶然的事情。从此以后，这原住新疆的一个姓哈的氏族，被历史上两阵狂风接力吹送便变成了湖南翦氏了。

在床头柜上，我还看到了厚厚两摞1996年重修的《翦氏族志》。《翦氏族志·序》开篇便是：

我们维吾尔族翦姓始祖哈勒·八十，字周有，原籍新疆回部哈密人。据大量史料记载，先明勋著燕京官拜京都总兵，从明太祖征讨，屡建奇功，成为明王朝开疆扩土的功勋，因哈勒·八十

"剪除敌对势力有功"被明太祖朱元璋晋封为镇南定国将军,加太子太保衔,并赐其姓翦,更其名八十为八士,命其镇守湖广辰(州)常(德)一带。翦八士驻兵桃源枫树翦家岗,设立大本营,这时为洪武五年(公元1372年)。

《翦氏族志》中有一篇《回部世系源流》,是翦氏十六世祖翦山胜写的,其写作的年代为同治三年(1864年),此篇对于翦氏族属的来历、得姓经过,以及南迁湖南的时代都有记述(顺治四年所修《桃源县志》中,也有同样的记载)。修族志是翦氏从儒家文化学习而来,从翦氏四修族志来看,为标记族群身份,延续文化命脉,不让祖先的历史散失于无名,翦氏的努力一直在持续。

第一天　牛肉米粉和翦氏豆腐

一大早,我惊喜地看见了翦象党家院子里的新疆馕坑和烤肉炉子。翦象党说,馕坑本来是给新疆来客准备的,维回新村没有人会打馕。烤肉炉子是新疆阿克苏小伙子买合木提特意从新疆托运过来的。这位青年警察被特招到常德工作十年了,他在湖南没有其他亲人,双休日就住在翦象党家。这两样东西,聊以缓解了他对馕和烤羊肉的相思之苦。以做牛全席为主的"回味农家乐",很少烤羊肉、打馕,烤肉炉子跟馕坑这两样家什基本派不上用场,却成为一种必要的摆设,作为维吾尔族餐馆的标志性符号,它们的象征意义大于实际用途。

维回新村的人是如此热衷于沿路而居,店面和住宅都紧靠马路,"回味农家乐"就开在S226省道边上。看着省道上一辆又一辆车怒吼着而去,我暗自猜测,他们住在大路旁,看着路通向远方,车辆来往,或许可以捎带上他们对远方的向往。我怀疑这种对驻扎路边的酷爱,除交通便利之外,另有难以言喻的隐秘心理。

我在"回味农家乐"的第一顿早餐,是湖南特色牛肉米粉。餐桌上,翦象党讲了一个在桃源一带很盛行的传说:哈勒·八士到了湖南后,想念西域的"拉条子"(新疆拌面),叫人用湖南大米制作米粉。现在翦姓维吾尔族人把这种食物当成新疆拉条子的替代品。这让我猛然想起翦伯赞缅怀先祖哈勒·八士的一句诗:"只今唯有砧声急,犹作当时铁马声",觉得十分贴切。离乡者将九曲思乡之情寄托在一种食物上,是再自然不过的事情,且不管再怎么将米粉当成拉条子吃,那也还是湖南米粉,牛肉米粉和新疆拉条子的味道相去甚远,远得就像中间相隔六百多年的新疆与湖南两地的维吾尔族。

饭桌上翦象党聊到,有人找湖南桃源翦姓维吾尔族,找到了离枫树维回乡几十公里远的剪市镇剪家溪,把剪家当作翦家。翦家有传:"桃源的酒,陬市的糖,剪市的豆腐像城墙,河洑的油条一兀长。"有人考证，剪市应为翦氏，那剪家溪也应为翦家溪，是因一对翦氏夫妻用翦家溪的水做豆腐而远近闻名。看来在桃源，翦家做豆腐还是颇有传统的，不过在新疆，维吾尔族人做豆腐的倒是不多见。翦氏自古就以做豆腐出名，可见这些都是生活方式受湖南人影响的明证。

第二天　记录本

这些年，翦象党记了厚厚一本新疆朋友的地址电话，多是来过桃源的新疆人记在本子上的，有维吾尔文的、汉文的。他不认识维吾尔文，就找了朋友帮着将维吾尔文翻译成汉文。翦象党翻着这些书写不怎么规整的姓名和地址，似乎想努力抓住一些关于新疆的记忆。

翦象党指着一串维吾尔文地址告诉我，这是一个十五岁的吐鲁番巴郎子（男孩），他从小听家里老人说桃源县有哈勒·八士的后人，便记在了心里。2008年，这个巴郎子用身上几乎所有的钱买了到常德的火车票，一路打听，来到了枫树维回乡翦家岗，找到翦象党家。巴郎子带来高昌古城的沙子和葫芦，纯朴的礼物让翦象党落泪，没有什么比这种情意更珍贵了，他觉得"故土把桃源放在了心上"。

2008年以后，来枫树维回乡的游客越来越多。在一位开茶庄的赖姓汉族朋友劝说下，翦象党办起了"回味农家乐"。虽说饭馆为利，却不排除情义，至少能为像那位巴郎子一样远道来探望又实在没有经济能力的人解决简单的吃住问题。

时有学者、专家带着各种好奇来枫树维回乡，离开故乡六百多年的维吾尔族住什么样的房子，长什么样貌，饮食习惯是否已经改变。看过究竟之后，他们似乎放下了心，带着难以割舍的感情离开桃源，将这里的所见所闻，写进论文和调查报告。在翦象党家，我看到了他们留下的文字，有中国社科院维吾尔族教授的，也有汉族学者的。

看起来翦象党这记录本是用来睹物思人的，念到每个人的名字，他就开始向我讲述他与他们中的某一位相聚桃源的情形。从2008年到2011年，桃源枫树维回乡翦家岗充满亲人聚居的空气，翦象党平均每周接待一位来自新疆的朋友，他们在这个本子上留下了手迹，也在这里留下了来自故乡的气息。

第三天　结婚照

翦象党带我看他楼上的收藏品，一间屋子里，维吾尔族的各种乐器一字排开，像个小乐器店。翦象党不计代价地搜集这些，希望以后建个展厅展示出来,让没去过新疆的人通过乐器认识新疆。他还想把翦伯赞先生等维吾尔族名人的画像收集齐了挂上墙。他做这些,与其说想让人家满足,我看更像是自得其乐、自我陶醉。

女儿翦尖别出心裁的结婚照,暂时占据着打算挂维吾尔族名人画像的墙面。照片上的她完全是维吾尔族打扮,新郎打起手鼓,新娘旋转起舞。翦象党很喜欢女儿戴着小花帽、满头小辫子、身穿艾德莱斯裙的模样,他觉得哪怕是在这面墙上秀一秀新疆维吾尔族服饰的结婚照,也倍加欣慰。

翦尖告诉我,在外景地拍摄穿维吾尔族服装的结婚照时,有路人冲他们喊:"看,有新疆维吾尔族人在拍照。"因为民族风格的服装,她才被人称了一回维吾尔族,平时提起民族身份,父女俩在许多场合心里都缺少点踏实感。外出时,面对他们身份证上的"维吾尔族",经常有人大惊小怪:"湖南还有维吾尔族?"父女俩只好对好奇者解释,有人听完说句好听的,父女俩相视一笑,听到不好听的也很无奈,只有听过了之。

第四天 红枣

在"回味农家乐"的院墙上,写有"新疆红枣销售"的字样。

农家乐开张以后,蒻象党年年帮新疆果农卖哈密大枣、阿克苏红枣。红枣的颜色跟血液相似,有段时间,红枣流通在湖南与新疆之间,对于他来说像是一种隐喻,仿佛抓住了红枣,就抓住了一根与新疆连接的血脉。红枣和它带来的利润并没有让蒻象党与遥远故乡的关联维系多久,随着红枣价格下跌,物质基础并不丰厚的蒻家对枣农的恳求无颜以对,因为市场饱和实在售不出去。墙上那行销售红枣的联系电话,像一行红色密码,至今徒留在墙面上,只是已经淡了颜色。

我在阿克苏、库尔勒等地见过那些甘甜殷红的情感依附物——新疆红枣,空挂在南疆成千上万亩的枣树枝头,沙打霜落,似乎在伤怀它无以完成维系与南方情感的使命。蒻象党直呼,"红枣跌价,生意亏了",他露出一排略微外暴的门牙,无法辨别那是不是一种苦笑,不过看着多少有种释怀的意味。他也感觉自己与新疆枣农共同负担了"吃亏",似乎一起"吃亏"也算是对老乡的贡献,俨然完成了一种同甘共苦的认同。

有些情感的表达竟然这么隐秘曲折,连蒻象党也难以明确。好多年,两地之间通过一种干果生意牵连着。他回味着那新疆红枣的甘甜,啧啧称赞:"新疆红枣真香甜,厚厚的枣泥有种黏劲,别处的枣子像发硬的海绵,咬下去两层枣子皮中间没有东西,舌头和牙缝里粘一层酸涩的干皮。"他说完吐吐舌头,仿佛要将自己描述的枣皮的干涩口感吐出去。

蕴情的土地

第五天　远方的羊

翦象党家的"回味农家乐"一侧的菜地里，青红黄白绿紫争色斗艳，南瓜结得繁盛肥大，也许怕吃不完长老了，每天晚餐桌上都有一大汤盆黄灿灿的南瓜汤。

房后鱼塘养着鱼，鸡舍养了百十只鸡。我遗憾这里没有养羊，翦象党潇洒地朝天边一指，说："我的羊正在伊犁的草原上吃草，我想要羊肉，六个小时就能送到。"

2013年，维回新村受到了国务院的表彰，翦象党家屋背后的"枫林花海"旅游景点借着东风正式开门迎客，"回味农家乐"的生意也跟着火爆起来。

2014年，枫树维回乡被评为全国民族团结进步模范集体，枫树维回乡维回新村的生活就像一个透明的琥珀，一下子呈现在各种各样的人面前，任何人都可以从各个侧面去触摸，从各种角度去观察这颗民族文化融合的活化石。

维回新村的人们坦然地迎接着各种关注的目光。他们的坦然来自一种自信，这种自信有着浮雕一样厚重的质感，它来自骄傲的祖先赋予这一片土地的辉煌历史底色，来自翦氏家族一代又一代人不屈奋斗积累的丰富实践经验，来自他们从多元文化中获取的精神营养。

第六天　翦氏墓地

如今翦家岗边的"枫林花海",过去是哈勒·八士的练兵场,风物已改,"翦旗营"旧名仍存,经历六百多年历史沉淀的翦旗营,有着历经沧桑的沉静。鲜花与美景辉映,仿佛在表达对翦氏先祖的纪念和告慰。历史上的点将阁、荐德楼遗迹早已荡然无存,朱元璋亲赐的"威震南方"四个字,刻于哈勒·八士墓前的碑上,可惜的是朱元璋所赐的镇南堂,"破四旧"时全部拆掉了。景区修复了一些亭台楼阁点缀花海,试图让人想象洪武年间"翦旗营"练兵、跑马、点将、出兵的情形。

翦家岗边大马坟场、小马坟场,是过去"翦旗营"埋葬战马的坟场,现在是大大小小的坟堆。坟堆的背后野草一直生长过去,直到被河水拦住。一般田地碰到坟堆就不再种了,偶有几块田地越过坟堆,又种了一截。坟堆上长着的野草,似乎没有人去触碰,小土丘上面布满了经年的柴草。坟里的骨殖早已化作泥土,滋养着这里的棉花、豆角和南瓜。绿树掩映中的翦氏墓葬都是西高东低的长条形土堆,黑色墓碑高出杂草的顶部,刻着汉字"清真",显然是为了让别人明白他们的民族身份。与新疆维吾尔族的墓碑只写逝者姓名、生卒年月的简洁略有不同的是,翦氏的墓碑像一个小族谱,写着一长串子孙名字,对父母亲都用"考妣"之类汉文化的称呼。

坟边一潭深水，水面像浮着厚厚一层墨绿的"奶皮子"，黑色野鸭在水里浮游，飞舞的蝴蝶也是黑色的，甚至连草丛里觅食虫子的鸡都是黑色的。我留意到坟地里飞过好几种鸟，全是黑色的。哈勒，在维吾尔语里恰好是黑色的意思，八士，是头、头目，或者首领。据说，当时"翦旗营"的旗子也是黑色带锯齿边的，这似乎对我在脑海里复原当时的古战场，想象哈勒·八士这个维吾尔族首领的样貌打扮，有着某种启示意味。

以前没车的年月，翦家人走几十里山路到哈勒·八士碑前纪念先祖，新人多到翦氏祠堂举行婚礼；现在路好了，车也方便了，来哈勒·八士碑前的人反而少了，当然祠堂也早已经没了。枫树清真寺原来是朱元璋所赐的讲经殿，寺前的哈勒·八士墓碑，还有枫树维回乡的介绍以及"枫林花海"的景区指示牌，同时用了汉文和维吾尔文。维吾尔文在早已不认识母语的翦姓维吾尔族人面前，似乎在刻意弥补和平衡什么。是出于一种隐秘的不舍和愧疚，还是出于一种对这种文字的亲切感？恐怕二者兼而有之。这种母语的呈现方式，在旁人看来更像是一种文化上的摆设和旅游景区的噱头，作为单纯意义上的指示牌，它是用维吾尔文对过去进行的一种解释。

第七天　生锈的铁锁

正午的太阳下，蒴象党的兄长蒴象福带我路过蒴象业家。推开院门，前院埋着蒴象业的父母和爷爷。墓前，蒴象福忍着蚊叮虫咬，跪着念了八段"索尔"。墓碑上竖书：

十八代祖，蒴象业太爷蒴恒极
始祖八士 1372—1989

墓碑上的 1372 这个年份，是纪念始祖哈勒·八士的。立碑时间是 1989 年，算起来蒴氏始祖来蒴家岗已近 650 年。墓碑上刻有"兴家不忘报国，怀祖必然思乡"的字样，是逝者为先祖和自己表志的。墓碑顶端赫然书着绿色的"清真"二字，这真算得上是"地方特色"了，当地人一看便知逝者身份。先辈"蒴旗营"的战马场、马坟场现都用来掩埋后人，蒴氏先祖恐不料及，后辈们竟与自己的战马共埋一处。

在往枫林花海必经的路上，马德成将军陵园的大门紧锁着，墓园铁栏内杂草、荆棘丛生。从大门外可以看到一座纪念塔，墓园内是跟随哈勒·八士征战的八位回族随军将军之一马德成和他夫人的墓茔。蒴象福请来住在墓园斜对面的马德成将军后人马陶成，打开了墓园锈迹斑斑的铁锁。这位七十岁的回族文化人,一生研究马德成将军,写过不少专著。紧挨着将军墓有一座墓冢,麻岩石的墓碑上刻:翦氏孺人马德成夫人墓。

"夫人是哈勒·八士的妹妹。"马陶成解释。

"对,哈勒·八士将自己的亲妹妹嫁给了马德成将军。当时,先祖哈勒·八士命翦姓维吾尔族人与八位回族将军的亲属通婚。"翦象福点头。

战乱中的联姻,有的也是一种联合应对。这对夫妻,传下许多马姓的后人,还有其他七位回族将军的后人很多也都生活在村子里。正因如此,翦家岗边这个村子才被命名为维回新村。

马陶成说起自己的儿媳妇是土家族,他的后代显然已经不仅仅与翦家通婚了。

回想当初,朱元璋虽不曾有族群认同这样的理论支撑,倒也清楚族群认同是一种可操作的政治工具,采取所谓"以夷制夷"的手段。桃源的维吾尔族人,是活生生的人,不是一个个被赋予历史和文化象征意义的符号。因此,他们在关注族籍的象征意义时,更关注它的政治功能,更多强调的恐怕还是社会精英在唤起族群意识过程中所起的作用。

我问马陶成老人:"这墓园的门平时不开吗?"

"平时没有重要的客人是不打开的,有一些历史是要上锁的。"他意味深长地说。这个研究先祖历史的人看看手上生锈的钥匙,若有所思。等我们走出墓园,他郑重地锁上了大门。

第八天　无字断碑

翦家桥两侧,安卧着两块明代的条石,每块重约三吨。洪武二十二年(1389年)修忠勇坊时,条石是从桃源大洑溪用木排运过来的,水涨"排"高后,水的浮力将条石安放在翦家桥上。翦家桥架在通往云南和贵州的官道上,两侧的条石俨然像两个卫兵,卧守官道左右。这两条历史遗留的标记物,远看起来像两个石质箭头,指向历史深处。

过了翦家桥,回翦家岗维回新村的路上,翦象福引领我来到一幢民居旁,扒开草丛,神秘得如同窥探一处秘密宝藏一样,让我看一块了无字迹的断碑。这块石碑在非常年月被砸断,后来平整土地时,有字的一截用挖掘机埋到了地下,有知情者发现这块无字断碑被弃于刘家桥码头,便运回来,放置在民居后面,断碑渐渐被丛生的杂草掩埋。

相传这碑是为清末牺牲在虎门销烟炮台山上的哈勒·八士第九代孙翦如琰而立。本来碑有三块,竖的两块,横的一块,立在镇南堂前,村里像翦象福这个年纪的人小时候都见过,只是很少有人能完整地回忆出上面记录的文字。

现存的残碑高5.5米,厚0.8米,残留的碑身虽无字,历史本来的重量却沉淀在石头里。时间过去了几百年,石头就像不缩水的历史,稳稳地躺在那里。翦家岗人对一块无字残碑的珍爱,让我窥到了翦氏对祖先的敬畏和对辉煌历史的珍爱。

在维回新村,我拜访了三位参加过抗美援朝战争的翦姓老人,他们都珍藏着抗美援朝纪念章。桃源一带,有近百名翦姓维吾尔族人参加了抗美援朝志愿军。1937年卢沟桥事变爆发,桃源维吾尔族中的进步人士奔赴烽火硝烟的抗日战场,浴血奋战,其中,著名史学家翦伯赞、国语教师翦万明等分别赴北京和天津参加了抗日统一战线。翦象砥、翦进成、翦象成、翦万云、翦万进、翦凝前,分别在上甘岭、骑龙山等重大战役中立下特等功、一等功。无论是解放战争,还是土地革命时期,都有着翦氏族人的身影。甚至连二万五千里长征,都有翦晋昌、翦海江等十多位桃源维吾尔族青年,跟随贺龙在粉碎国民党大围剿中建立了不朽的功勋。翦氏家族还有很多没有立碑的先烈,人们至今用各种方法纪念着他们。

走访了枫树维回乡维回新村的几十户翦姓人家,他们个个知道自己从哪里来,知道先祖哈勒·八士的传奇,他们想方设法将这些刻在墓碑上,写进族谱里,努力将历史完整地保留给子孙后代。有自己的辉煌历史,又能珍爱这份历史的民族是幸福的,也会创造出新的更加灿烂的历史。他们生生不息,从两种文化中萃取精华,他们具有的那份厚重的历史感,使他们活出了人类存在的另一种意义。

第九天　飞驰在跑马场上的高铁

现代化在乡村是猝不及防的,高铁说来就来,这不可阻挡的新时代象征物,在穿过翦家岗边这个古老的村庄时,似乎在向人们昭示着什么。

高铁穿过古代的跑马场,高铁一边是紫薇园,一边是水稻田。每一条巷弄,每一条小道,都通向练兵跑马场,在这里,现实仿佛直通历史。昔日点将台前,是金鱼池塘,点将台利用高铁的灯,点亮花海之夜。高铁的水泥擎墩之间悬挂的密密麻麻的彩灯,给穿越花海的高铁水泥墩披上一层金缕玉裙。每个高铁桥墩都绘以各色彩绘,苍天白云作底,映衬着枫林花海,犹如巨型画廊,立于天地之间。

"枫林花海"景区"十二木卡姆"广场,利用道路做热瓦普琴杆,舞台为琴耳,琴肚上的拱形作为琴弦的支架,人走在桥上仿佛走在琴上,脚步好似能弹出木卡姆乐曲。这是翦象福做监理的最得意的工程。这把横呈于呼啸的高铁与消失的战马旗营之间的热瓦普琴,成了连接历史与现实的浪漫符号。马蹄之声与高铁呼啸,一个在想象中却那么真实,一个即使在现实中又是何等魔幻。历史上的战车兵马与高铁霓虹交相辉映,陶渊明"采菊东篱下,悠然见南山"的诗句中静谧悠远的田园风物,与现代摩登的桃花源景致奇异地交错在一起。

一场雨过后,花海的花全开了。西域的硫华菊,在这块土地上落地生根,发枝开花,正如从西域来到桃源的翦姓维吾尔族。远远就能看见"翦旗营"旧址假山山体上披满巨大的"翦"字,让人隔着时间厚厚的帷幕,怀想当年战马奔腾、战旗招展。

第十天　语言的迷雾

到湖南常德等地做生意的新疆维吾尔族人,多半是先到桃源落脚,而后向四周散开。桃源翦姓维吾尔人浓浓的亲情、乡情吸引了他们,让维回新村成为一个充满聚居空气的地方。

图尔逊古丽的丈夫哈拜尔,1985年从和田墨玉到常德,四处打听枫树维吾尔回族乡,别人问他找这个乡干什么,他回答"因为我是维吾尔族人"。别人带他找到当时的副乡长翦象友,翦象友又将他带到翦象福家。

翦象福1986年认识了哈拜尔的妻子图尔逊古丽,1992年图尔逊古丽的弟弟尼亚孜·喀迪尔来到桃源跟姐姐一起卖烤羊肉,他们先后结识了翦象福、翦象党兄弟。

一见面,尼亚孜·喀迪尔姐弟亲热地称呼翦象福为艾卜拜克尔阿卡(哥哥),艾卜拜克尔是翦象福的维吾尔名字。为了方便同胞之间称呼,这里许多翦姓维吾尔人都为自己取了维吾尔名字。

翦象党叫玛合穆提,翦象福女儿叫吾提库,孙子叫巴特尔。有好几个女孩取名阿依古丽,平时不常用,后来人们也就渐渐淡忘了。

翦象福每次与尼亚孜·喀迪尔见面,必以维吾尔习惯行礼,虽然他们互相听不懂对方说话,只能靠表情加手势交谈,却因为相同的礼节铺垫而变得心心相印。

尼亚孜·喀迪尔和姐姐在"枫林花海"夜市上摆烤羊肉摊,翦象福抓住机会,每天晚上请尼亚孜·喀迪尔教他几句维吾尔语。生意忙的时候,翦象福就坐在烤肉摊前,就着馕吃串烤肉,静静地看他们做生意。

古尔邦节,图尔逊古丽跟维回新村十几个妇女相聚在一起做饭吃,这种相聚方式,就是希望大家不要把彼此丢了。尼亚孜·喀迪尔姐弟平时忙于生意,古尔邦节前,他们在常德清真寺附近卖自己制作的月饼、蛋糕、巴哈里(一种烤制的面包),一天就能卖三千多元。他又在跟姐姐和几个伙计谈论下周五去哪里卖点心。

坐在烤羊肉摊旁,对着烟熏火燎的烤肉炉,听姐弟俩在烟雾腾腾中跟几个伙计用维吾尔语交谈,翦象福眼里一片迷蒙。在一大片维吾尔语声中,他像在迷雾中拼命辨明道路的人那样,奋力从湍急的语言流中捕捉几个熟悉的掺杂着汉语人名、地名的单词,来辨别话题的走向。他沉默着,并不急于找人翻译,好像很享受这种氛围,又好像不好意思说自己不懂,也许他觉得只要天长地久坐下去,就能听懂维吾尔语。

马背上出征时铿锵有力、所向披靡的维吾尔语,在翦家已经失去了"爵位",现在与故乡的维吾尔族人交谈时,出现了无法沟通的尴尬。先祖会为坐在往昔练兵场上的翦家后人在语言面前丢盔弃甲感到遗憾吗?以前"翦旗营"的将士在椭圆形的练兵场、跑马场周围,围成一个大圈驻扎,翦象福恍然看到昔日的光阴再现,祖先围坐在烤肉炉前用高昌维吾尔语谈论战事。斗转星移,而今翦氏后人坐在这里与新疆的同胞谈论生意,他们的话题常常是"翦旗营"和哈勒·八士,是"枫林花海"夜市的烤羊肉生意,是湖南与新疆两地情感的维系。尽管语言已经随环境完全转换,他们的话题却是共同的。翦氏后人聚居在和平年代的枫树维回乡,过着流汗也流蜜的生活,曾在这片土地上浴血奋战、保家护国的翦姓将军们若地下有知,也该心满意足了吧。

第十一天　借取的生活

翦象福认为聚居更适宜文化的传承。湖北来凤县居住着一百多口翦姓,他们从桃源出去已两百年,有人误认为他们是裕固族。仅仅在一个地方生存下来不算什么,让民族的精神血脉、思想精华存活下来,传承好历史交付的任务,像历史学家翦伯赞那样,这才叫了不起。

翦氏生命力很顽强,河南长葛尹家堂有翦姓八百人,翦姓在北京、深圳、广州、天津、成都、武汉、兰州都有分布,在台湾、香港也有不少。贵州大学法学院院长、教授翦继志,在贵阳市成立翦姓维吾尔族理事会。1996年,翦象业重修族谱,将散落在全国各地的翦姓维吾尔族用族谱的方式聚集在一起。说起翦象业,人家还记得无论高温四十摄氏度还是零下四十摄氏度,他一年四季头戴花帽,对家族的深情令旁人动容。

跟我一起站在路边、头戴花帽的翦象福不停地擦汗,这让我想到许多像尼亚孜·喀迪尔一样来到湖南的维吾尔族人倒不戴花帽,他们似乎并不需要这标志物,那张脸就足以表明他们的民族身份。或者,他们也在不知不觉中借取当地人的生活方式和穿衣打扮方式。

在适应外来的现代性和退缩到族群原初的所谓正统,在传承的历史与借取的生活之间选择,有时也会使人们处于两难的境地。这让我想到了《阿拉伯诗学介绍》里阿多尼斯的一段话:"基于补偿和保护作用而退缩到封闭的传统,其实代表对过去的一种依赖,以缅怀和复兴过去,来弥补创造活动的匮乏。两种情况都是自我个性的抹杀,只是向外借取的心智,借取的生活。"

桃源的翦姓维吾尔族有时借取的却是自己过去的生活,是向祖先借取的生活,是他们本来拥有的、后来弄丢了的那部分生活。几百年来,翦姓维吾尔族与当地人融为一体,因为只有团结才能保证生存。现在他们已经弄不清楚,哪些是他们原本的生活,哪些是借取的。

　　枫树维回乡乡歌《维吾尔第二故乡之歌》的歌词,被抄写在乡政府大院的围墙上。句子读起来断断续续,有如一阵沉吟,似乎省略了很多东西,一眼看过去,只剩下几个关键词:故乡,血肉,分离,思念,小辫,怀念,雪莲。六百多年的时光变成简短的一首歌,这些词语被岁月沉淀了下来,已融在翦姓维吾尔族的血液里,成为他们生命中无法忽略的因子。

　　走过枫树维回乡维吾尔中学,一群男孩在路边玩耍,见了翦象福老远就问候他。翦象福边走口里边念叨着:这所学校翦姓孩子特别多,先坞第八村民小组历年来翦姓考上中央民族大学的有8人,第二村民小组翦姓考上硕士研究生的有3人。

　　翦象福带我顺路看望了路边一户人家——翦家的汉族媳妇杨美香,这位82岁的美人1959年阴差阳错去了新疆哈密,在当地一家幼儿园做了保管,后来嫁回桃源的翦姓夫家。在哈密工作期间,她就对维吾尔族颇有好感,没想到回到桃源倒做了维吾尔族的媳妇。从杨美香家出来,看到牛粪饼贴在墙上晒,我觉得很惊奇。注意到沿路好多人家院墙上贴着牛粪饼,看来不只是翦姓维吾尔族的媳妇杨美香沿袭了这个习惯,维回新村养牛的人多也可能是原因之一。

　　坐在路边的第三村民小组组长翦象明,听翦象福介绍我老家是新疆的,便站起身热情地拉住我的手,满脸骄傲地说:"我们祖先哈勒·八士就是从新疆来的!"说完,用湖南话吟唱翦象福作词的歌:"我家住在翦家岗边,这里安葬着我的祖先,威震南方力保边关,芙蓉国里梦游天山。"唱完脸上都是笑意。

一听我是新疆维吾尔族,好几个人围过来说:"同根同源,我们是翦姓维吾尔族,好想去新疆老家看看咯。"新疆是他们的祖源地,是他们永生渴念的地方。在这寻常巷陌,与世代定居这里的翦家人简短几句寒暄,就已经给了我一种将久远的历史和思乡之情勾起的感觉。

第十二天 歌声里有另一个故事

翦象福的邻居翦万元老人,他的长相简直就是"返祖"了——高鼻梁,深陷的灰绿色眼珠。老人不爱说话,用眼睛看着你时,你总感觉他灰白的络腮胡子下会冷不丁冒出一串维吾尔语。他的回族妻子李先芳夸他年轻时力大无比,担子能挑四百斤。见我用手机拍照,老人下意识地打开床头柜抽屉,拿出一顶黑底绿花的维吾尔四角丝绒花帽,端端正正戴上坐好。李先芳拿出一沓"新疆妈妈团"的照片,让我分享两地亲人相聚的快乐。"5月份,这里来了一百名'新疆妈妈',一个个都热情得很,带的小礼物送完了,就把自己戴的戒指随手赠送给这里的姐妹们。有个新疆大妈把耳环摘下来,亲手给翦三才的妻子李瑞仙戴上,还塞给她200元见面礼。"她说着,从抽屉里取出一方红底绿叶图案的头巾,让我戴上与蒴万元合影。蒴象福解释,很多人到她家都喜欢跟蒴万元老人合影。我立刻领会了这份好意,接过头巾扎在头上,端端正正坐在老人身边。李先芳满意地看着我们拍好照,我摘下头巾还她,她捧过头巾嘴里呢喃着:"这是'新疆妈妈团'亲人的礼物,留个一辈子的念想。"她收起头巾,方方正正叠好,放回抽屉里。

李先芳喜欢绣十字绣,喜欢带着广场舞播放器去跟姐妹们跳广场舞,尤其喜欢跳新疆舞。她说桃源没有维吾尔族的艾德莱斯裙买,如果碰到会买来穿上它跳舞。

院里硫华菊、一串红、鸡冠花、节节高开得正好,侧园是菜地,瓜果蔬菜跟新疆的菜园差不多。跟新疆维吾尔族的庭院相比,院子里唯独缺葡萄架。

蒴象党的电话铃声猛然间响起,是一首熟悉的新疆歌曲《最美还是我们新疆》。李先芳跟着唱起来,她跟唱了一遍又一遍,这首歌在她苍老的音色里有了新的生命意味。

第十三天 历史的新枝丫

我随蒴象福和蒴象党两兄弟去看桃源县首届文化体育月开幕式上的藏品展,一路上遇见骑电动车、戴花帽的男人,只要你抚胸行礼，对方必颔首微笑，或以手抚胸郑重回礼。这么潮热的南方天气，看到上了年纪的男人们几乎个个戴着花帽，倒也自成一道独特的风景。

藏品展摊位上，翦象福遇到郑家驿木雕刺绣传承基地的翦永胜。这位翦姓青年对很多与祖先有关的文化遗产着迷，诸如他发现桃源刺绣《八蛮图》的古老图案与哈密发现的刺绣图案一脉相承，瓦当纹、蚩尤图腾也出现在桃源。他似乎找到了研究线索和方向，2017年他成立桃源手工制作协会，专门研究桃源刺绣和桃源木雕。他给我们不停地讲述着，在久远年代里密密麻麻的文化符号间，在难以辨认的众多文化元素中，他显得有些急切。

在郑家驿镇看翦永胜收藏的桃源刺绣和桃源木雕，翦象福、翦象党始终是满脸骄傲和喜悦，他们赞叹这位后人能干。看着翦永胜和他的收藏，他们看到了被前辈传承了六百年的历史已经在青年人心里扎根，并长出了让他们引以为豪的新枝丫。

第十四天　流蜜的花帽

一大早，翦象党开车载着我进山，冒雨去看望"牛倌"翦林源。翦林源所在的陬市镇黄花桥村有翦姓维吾尔族一百多人，村里吃牛肉的人多，干菜扣肥牛、牛肉烧芋头、巴掌牛肉，都是当地人喜欢的小吃。由此他办了德源黄牛养殖场，成为桃源县畜牧养殖重点户。

翦林源有着维吾尔人的粗犷，他说前几年在新疆做生意，人家都当他是汉族，反而在这里，人家都认可他是维吾尔族。说完他憨厚地笑笑。

蒙蒙烟雨中，大鱼塘里荷花滴翠，周围土地遍植牛鞭草，牛圈里圆滚滚的黄牛，毛色光亮。雨雾迷蒙中，一老一少两个头戴花帽的男人，走在满塘莲荷间，我恍然有种时光轮回感，仿佛回到了六百年前翦家先祖弃戎从耕的翦家岗上。几声牛哞，将我牵回现实，无论在新疆的戈壁沙漠还是湖南的鱼米荷塘，这牛叫声倒是一直不变的。

临走，翦林源从家里提了一篮鲜嫩水灵的莲子，一路打着伞送我们到车上。

翦象党上车后，取下头顶的花帽，擦拭头上的雨水，他尝了尝顺花帽流下来的雨水说，"真甜"。我以为他在说莲子，他点点头说："新疆的花帽和湖南的莲子一样甜。"他解释自己戴的花帽是从喀什寄来的，纯手工制作，里面用蜂蜜和冰糖做胶，到了南方花帽受潮，戴上它，流的汗也是一股蜂蜜加冰糖的甜味。他说再热的天都喜欢戴着维吾尔小花帽，头上虽然在流汗，心里却流着蜜。

第十五天　弥合的语言裂隙

雨天的晚上，买买提·吐尔逊冒雨骑着电驴子，找到"回味农家乐"，来看翦象党。

买买提·吐尔逊从和田出来不久，到成都卖烤肉没几个月，听生意人说桃源有维吾尔族，就带着好奇心跑来了。到了这里，他发现湖南维吾尔族看长相顶多像回族，他们有自己的姓，又起汉名，而且完全听不懂维吾尔语。

买买提·吐尔逊坐在翦象党家的院子里，看看那个烤肉炉和馕坑，这两样家什在半明半暗的灯光里，更像是舞台上的道具。买买提·吐尔逊上下打量坐在对面的翦象党，却无法从翦象党脸上找到跟自己相像的地方。他终于发出"他外表和语言跟我都没有相像的地方，但是从祖上他就是维吾尔族"的感叹，听得出他内心那份情感是真诚凝重的。

翦象党在手机视频里向一个伊犁老乡问"萨拉姆"，两人用汉语交谈了半天羊肉的事情，末了翦象党说了声"伙西"（再见），说完关掉视频开心地大笑。他似乎想在陌生的买买提·吐尔逊面前，通过跟熟悉的维吾尔族朋友聊天，来驱赶买买提·吐尔逊由于生疏对他民族身份产生的疑虑，我想他这样做是希望尽快拉近彼此之间的距离。

夜沉沉的，院子里明明暗暗的灯影掩盖了双方尴尬的表情。

我感觉到他们之间渴望交流又无法快速弥合沟通裂隙的微妙心理,在中间做起了翻译。

买买提·吐尔逊刚到桃源枫树维回乡没多久,一句当地话也没学会,可他说:"我在这里的夜市卖烤肉串照样能挣到钱,一样的东西,别人也卖,可这里人你传我、我传你,很多人大老远来买我的,正宗是其一,真正的原因,是有情有义照顾我们的生意。这里的维吾尔族认为我们同宗同源,大多数也是趁买东西来看看新疆的维吾尔族人长什么样,就像我大晚上专门来看翦阿卡一样。"

翦象党遗憾自己不会维吾尔语,买买提·吐尔逊感叹自己不会说汉语。他们之间通过我的翻译,打通了语言不通造成的轻微阻隔。买买提·吐尔逊聊到自己的两个孩子在读书,只要汉语考试成绩得了 100 分,他就会奖励他们。

很快,买买提·吐尔逊开始求助翦象党,说自己的烤肉摊有牛肉、鸡肉、鸭肉,没羊肉,他想买价格实惠的羊肉。翦象党约好第二天一早仍然在这里见面,带他到常德的清真羊肉铺子看看山羊肉,如果觉得不合适,也可以从伊犁朋友那里快递绵羊肉。

第十六天　两种暗合的文化处境

在保留文化和维持生存面前,人们总是面临两难,一方面希望自己的语言有所保留，一方面又认识到汉语作为基本的交流手段必须掌握。买买提·吐尔逊也许意识不到，这恰好跟翦姓维吾尔族在桃源定居后经历的选择暗合。

一个族群来到一个非母语地区生存和发展，他们的进步与否很大程度上取决于与外界的交流。戎马生涯的翦氏先祖，从马背上下来后，要放下刀剑，学习垦荒种田，第一关应该是语言。这时候，语言问题直接变成了生计问题。可以想见，这应该是严峻的生存挑战，使他们像掌握锄头的使用方法一样，学习掌握并开始使用汉语。

那些仅仅待在单一语言区域，只会一种本民族语言，从来没有把自己放置到一个全然陌生的语言环境里，跟其他民族打交道、求生存、求发展的人群，根本无法体会身在异乡语言不通带来的寸步难行的苦楚。买买提·吐尔逊离开新疆后，对此已经有了深切体会，他开始理解在桃源的翦姓维吾尔族。

翦象福认为，翦姓维吾尔族一直跟回族通婚，回族人讲汉语，汉语占了优势。哈勒·八士殁世后，朱元璋就在镇南堂开始设汉语学堂，在漫长的六百多年时光里，汉语占据了绝对主导地位，维吾尔语在桃源渐渐失去了存在的基础。试图让湖南方言聚居区的维吾尔族将维吾尔语保留到现在，也是强人所难的。历史上，如果翦姓维吾尔族只谈向内的保护，不懂得向外族学习而落人之后，恐怕对于这个有着光辉历史的翦氏家族也是不公平的。

翦象福的想法，也许可以看作是对桃源维吾尔族的母语湮灭的一种解释,对于平民百姓,语言作为生存工具的一种,一旦不能对生存发挥作用,也就失去了存在的意义。在桃源,随着维护语言的环境渐渐消失,维吾尔语的交流价值变得越来越小,逐渐式微直至丧失殆尽就成为必然。恰好因为当时翦姓维吾尔族人学习了汉语——应该说是湖南话,湖南方言成为桃源维吾尔族人与当地人交流,并引领他们通向广阔天地的通道。

第十七天　桃源式的穆斯林葬礼

翦象福和翦象党起了个大早,大净后,准备去邻村参加葬礼,过世的女人姓翦,是翦家八代五房亲戚。翦象党往车里放了一箱头巾和一箱白帽子。翦象福穿维吾尔十字绣衬衫,戴回族白帽,这身衣装算是维回混搭了。

老远就看见逝者家摆了一院子桌子凳子,参加葬礼的人一律戴着白布缝顶的四角白帽在吃祭饭。

等众人吃罢,翦万元的妻子李先芳走入搭在堂屋里的深蓝布幔后面洗埋体,埋体洗干净后,"塔埠"(一种无底的木棺)被一群男人抬进屋子,停在深蓝布幔前。

李先芳将亡人身体头发擦干后以白布裹身,发现包裹埋体的白布短了半截,缺了抹胸,于是等着亡人的儿媳妇从姑姑家借了半截白布回来,才把埋体裹上。这里人认为家里放着白布不吉利,姑姑家的白布是上次家里有人亡故剩下的。

洗完的埋体被放置在布幔后面,所有来送葬的人在布幔前围成一个大圈,传递一个鼓鼓的黑色大钱包。钱包在参加葬礼的人手中传了三圈后,被亡人的儿媳妇收回去,有人解释这是送亡人前向大家讨个吉利。

茶几上放着两木盒蓝色硬壳封的经典,木柄提手的红漆磨得发亮。香案上铺了几何花草图案的绿毛毯,香炉里插着三根香,香灰在诵经声的震颤中悄然落地。三根芭兰香将尽,又续上三根。听经,看香,仿佛回到古老的先祖时代,堂屋斑驳的泥皮四壁呈现出烟熏经年的痕迹,屋里的时间显得越发古旧。方几的四条木腿,支撑着诵经者的重量和他们诵经声的重量,缭绕的香烟飘起来,似乎在分散悲痛,减轻地心引力。

"者那则"(殡礼)之后一片哭丧声里,八个六十岁开外的男人抬了装着亡人的"塔埠"出门,送葬的队伍跟在后面,向山上的墓地行进。

天下起了小雨,林子间冷雾弥漫,亡人的"塔埠"被抬到一片竹林里落地,亡人落葬时不能见天光,有人在墓穴边遮上青黑的布帐,有人往亡人"塔埠"四周遍放芭兰香、冰片、雄黄粉,喷洒不含酒精的香水。众人抬起"塔埠"头朝西安放到挖好的长方形墓坑里,抽去"塔埠"底下抬埋体的那层木板,亡人身子就挨着土了。埋葬的人在"塔埠"上盖上泥土,厚厚的原木"塔埠"盖子,将南方潮湿的泥土与躺着的亡人隔开。

竹林萧瑟,秋雨淅沥。在聚居的空气中,有着悲凉与喜乐混合的气息。葬礼现场因着传统丧葬缓慢的仪式感,有了几分慰藉人心的暖意。

第十八天　勾连的手指与不灭的情灯

我随翦象党、翦象福兄弟俩去桃源县漳江镇绿溪口村,探望翦家深山里的亲戚翦万能。一进村就看见"宋教仁故里"的牌子,翦万能靠着摩托车在离牌子不远的地方迎接。宾主双方都下了车,在与翦家兄弟握手的工夫,翦万能就讲了个当地方言笑话,虽然我没听懂,单看他喜感的样子、幽默的性格就像个湖南版的阿凡提。翦象党和翦象福大笑着上了车,车沿着田野里的机耕路开了一段后,就拐进了一个农家院落,院门口树上挂满了橘红的柿子。

进屋一落座,翦万能就问我:"你是维吾尔族,咱娘家的人?"我点头,他说:"我们都是维吾尔族。"接着叹口气,"唉,可惜咱们落到了这深山里。"神情像是有点累了。很快,他改换了乐观的口气打电话给儿子:"快点回来,你两个大哥来了。"

翦万能拿出自家养的蜂采的蜜泡了蜂蜜茶,上了水果、糕点,翦万能的妻子泡了咖啡,咖啡里也加了蜂蜜,仿佛着意要我们尝尝山里翦姓维吾尔族的甜蜜生活。翦万能的儿媳妇炒了一大桌子菜,翦万能的两个儿子也带着各自的孩子赶来聚餐。"我们维吾尔族热情好客。"翦万能自己总结了一句。这深山里的维吾尔族表达热情好客最淳朴的方式,就是为客人准备尽可能丰盛的食物。

吃完饭,翦万能拿出珍藏的照片摆在餐桌上,那些发黄的老照片上挤满了翦姓的前几辈人。照片上的人都已经作古,在翦氏后人们聚会的饭桌前看这些照片,看到他们被后人纪念和敬仰,仿佛他们仍然生活在这聚居的空气里。

收好了照片,翦万能唤大家去院子里,"摘一些柿子拿回去吃"。七十多岁的翦万能攀在木梯子上摘柿子,翦家两兄弟一个劲地在下面喊"够了够了",想以此让他少摘点。他反而摘得更快了,参加摘柿子比赛似的两手唰唰地揪下柿子,扔进树下儿子撑开的袋子里。"柿子们都商量好了,准备从我手下集体逃跑,我要争分夺秒抓住它们。手慢了,柿子就会一下子从树上跑得不见影子了。"翦万能的话里充满童心未泯的意味。

翦万能把柿子装好,拉着大家拍"全家福",翦万能的儿媳妇把手伸过来小心翼翼搭在我肩头,翦万能妻子的手含蓄地探到我背后,将我藏在身后的右手试探性地轻轻一握,我右手里正巧攥着一个柿子,只好伸出一根手指,她连忙勾住我的手指。我那根手指被翦万能妻子捏着,神经末梢热血涌动,仿佛我们的血脉通过一根手指被打通并联结。我感受到她们都在无言地表达对新疆亲人的亲热和依恋,哪怕被命运抛进深山里,民族亲情之灯在他们的心海里始终亮着,六百多年从未熄灭!

第十九天　喝了祖先喝过的水

翦象友第一次去新疆,是作为"湖南赴疆庆祝新疆维吾尔自治区成立 30 周年代表团"成员,在新疆待了一个月,从南疆到北疆,他都看了个遍。他发现新疆并非自己原来想象中的那样千里戈壁、万里沙漠,这里美到他无法形容。

他充分领略到新疆朋友对湖南维吾尔族的热情。一次席间,当地维吾尔人让他作为主人给客人分羊肉,考验他是否还懂得维吾尔习俗。翦象友从给客人倒水、递毛巾到分羊肉,把自己在新疆学会的所有礼节都拿出来用上,总算过了待客这一关。

在哈勒·八士老家哈密,他第一次喝到了祖先喝过的水。烤羊肉、烤包子、抓饭羊肉、拉条子,他的胃竟然那么习惯新疆的饮食。翦象友在南山牧场上效仿自己的祖先骑马奔驰,这让他感觉自己更接近强悍的远祖。

他装了一捧故乡的土回到桃源,他说要把对故乡的想念带到坟墓里。

今年妻子去新疆旅游，他要求妻子带一瓶哈密的水回来，翦象友再次喝到了祖先喝过的水，觉得那味道沁到了心里。从几千公里以外带回来的这瓶水，他舍不得大口喝下去，仿佛他喝的是蜜，是酒，得慢慢地喝，细细地品。他想起好多年以前自己在哈密喝过的水，这是养育了自己始祖的水，在他的血液里那成分虽已稀释了，但还流淌着那时的因子。

改革开放至今，翦象友每去一次新疆，都能感觉到故土的新变化。他最后一次去新疆是 2007 年列席民族团结表彰大会，会议间隙，有个外国记者听说他是湖南维吾尔族，专门来采访他："翦先生，你们的祖先是新疆的维吾尔族，您认为湖南维吾尔族与新疆维吾尔族有何不同？"他幽默地回答记者："除了我们爱吃大米，他们爱吃烤包子，其他几乎没有什么不同。如果说这六百年真有什么变化，那就是语言不同了，我们到内地年代太久，已经忘记了维吾尔语。这也说明我们汉、回、维几百年来亲如一家，已经是一家人不说两家话了。新疆维吾尔族与湖南维吾尔族情感是一样的，我们都满怀热情地拥抱新疆、拥抱中华。"记者追问："中国穆斯林与世界穆斯林有何不同？"翦象友郑重地回答记者："中国穆斯林享受到真正的平等、自由。"

第二十天　深山里的亲戚

在"枫林花海"夜市见过尼亚孜·喀迪尔姐弟俩没几天，翦象福就按捺不住，叫了翦象党循着记忆去老乡的住所拜访他们。尼亚孜·喀迪尔姐弟炒了大盘鸡，端上馕和新疆的茶饮招待，翦氏两兄弟心安地坐在上宾位，感受走亲戚的那种快慰。翦氏兄弟穿胸前绣十字绣的维吾尔族服装，戴白帽，尼亚孜·喀迪尔却穿T恤，光着头。图尔逊古丽在跟弟弟说维吾尔语，尼亚孜·喀迪尔在跟翦象党、翦象福说湖南话。语言交叉得很忙碌，尼亚孜·喀迪尔已经完全胜任在姐姐和翦家兄弟之间做翻译了。

翦氏兄弟听尼亚孜·喀迪尔说，他们网上购买的新式烤肉炉可以烤全羊，将烤肉炉开合了好几次，喜欢得又抚摸又拍照。

姐弟俩兴奋地告诉翦家大哥二哥，他们引进了常德的咸味牛肉月饼，融汇湖南当地文化，沿袭烤馕烤包子的烤制方式，已经打出"新疆月饼"的招牌。在他们那份自信面前，翦家兄弟露出惊喜的表情。

尼亚孜·喀迪尔听人说，常德鼎城区赛家湾有赛姓维吾尔族，想跟翦氏兄弟一起去看个究竟，这个建议立刻得到了翦家兄弟的赞同。

吃完午餐，由尼亚孜·喀迪尔开车带着图尔逊古丽、我和翦氏兄弟，赶到赛家湾。在路边，我们向一家李姓回族老人打听村里的赛家,李老说他妻子姓赛,叫赛福香,是维吾尔族,两年前已经过世。这些年,这里的赛姓人家都搬到了别处,村里剩下的只有他们家了。他打电话给地里干活的儿子,他儿子骑着电瓶车赶回来,拿出身份证给我们展示,身份证上他的民族身份和姓氏都随了母亲。

父子俩带我们去看了屋子背后的一片赛姓祖坟,我们看到了赛福香的墓碑。可惜赛家的族谱在"文革"时烧毁了,只留下这片坟地,最早的墓距今已经有三百多年了。

李老在妻子坟前偷眼看儿子,儿子在模仿众人接"都阿"(祈祷),动作生涩,也许是多少年前的记忆残留,让他掬起了双手,掬起了母亲墓前这个长长的"都阿"。

墓地旁停着的一辆黑色轿车里,一位素不相识的黑衣老太看到我们,她吃力地打开车门,拉过尼亚孜·喀迪尔的手臂,一把将他揽入怀里,抱头就哭。老太的儿子在一旁看到这一幕,带着歉意解释:"她是我母亲,我父亲是赛姓维吾尔族,这个村里以前有几十户赛姓维吾尔族,我们就是这个村里走出去的,现在定居福建。这次带母亲回来,是来给我父亲上坟的,没想到会在这里遇到维吾尔族同胞。我母亲刚上完坟,看到老乡一时激动,情绪有点失控了。"

尼亚孜·喀迪尔、蒴象福和车上的黑衣老太用绵密的情感,在我眼前交织出一张殷红的血脉之网。我知道尼亚孜·喀迪尔和黑衣老太表现的一切,都是典型民族原生情感的自然反应,这其中或多或少，总会有一些先前遗留下来的血脉或记忆因子在起作用。

第二十一天　对远祖的祭奠与抚慰

翦象福喜欢带我去看维回新村里的老人，尤其是那些长相极具维吾尔族特征的老人。邻家的一位老太太九十多岁了，每次我们走过她家院落，她都格外和气，拉着我的手说："你是老家来的远客，也没给你做点啥吃的。"说完用皱纹堆出一层层愧疚。

翦象福觉得她说话的口音和方式不像当地人，跟他小时候父母在家说的回族话很接近。在我听起来，老太的话跟当地话似乎也有一些细微的区别，细微到一般人难以察觉，只是那一点点的不同，就勾起翦象福幼时的记忆，让他产生一种满足感。能够用残留的一点记忆标记语言上的区别，哪怕同是汉语，甚至同是湖南话，对于他也算是多少保留了祖先的说话方式吧。哪怕在我听起来几乎没有差别，对于他已经是很大的不同了，至少证明他们曾经不是这里的人，也不是用现在这样的语言说话。哪怕能留住祖先说话的腔调上一点余韵流脉，对他来说也是莫大的安慰。

我甚至怀疑，老太太一说话，他就将声音置换成了记忆中那个真的不同于当地口音的声音，或者他把祖母或母亲的口音，嫁接到了她口中,每每以这种偷梁换柱的方法,获取他想要的那种口音,来暂且满足一下自己。他甚至也不能相信,自己和周围所有的老少,如今怎么会变得一样,说一口当地话,而没法用语言,哪怕仅仅用口音标记自己的不同。

蕲象福对历史上英雄祖先的回忆,常常伴随着对母语的念叨。每念叨一次,像是从这片祖祖辈辈生活的蕴情的土地深处,抽出根脉轻轻抚摸一遍,那是他对先祖的灵魂进行的一次祭奠式的抚慰。

现今,桃源维吾尔族人生活平和安宁,或许那种语言的撕裂早已被时间愈合了,他们通过身份主动建构和积极补足,已经平稳地度过了复杂而充满危险的变迁中的震荡期,他们逐渐理解和认识到蕲姓维吾尔族的多元性和地理源起的差异性。现在像蕲象福、蕲象党这样的民间精英人物又在思考如何突破地区的封闭保守,探讨如何跻身现代文明之列,发展建构现代化中的民族身份。

第二十二天　包容比拒绝更有力量

我离开"回味农家乐"之前的最后一晚,蕲象党请了尼亚孜·喀迪尔和他姐姐的一大家子,在"回味农家乐"吃牛全席,大家聚在一起吃得不亦乐乎。湖南钵菜更拉近了彼此之间的距离，近到本来一家在和田、一家在湖南的两家人，坐在一张桌子上，变成其乐融融的一家人。

湖南菜的辣让尼亚孜·喀迪尔得出结论："湖南菜，只要不被辣吓怕，坚持吃下去，就能吃出绝顶好味道。"

我品咂出这话里有话，像是在说一个民族，在他乡异地不畏艰难，坚持到底，就是胜利。

"从我的丈夫二十世纪八十年代来到湖南，到现在已经三十多年了。要想在湖南生活也是一样的道理，坚持就能过上好日子。"图尔逊古丽果然体会到了弟弟话中的深意。

"我就是拿我们地道的湖南钵菜考验一下。看你们能吃辣，还吃得那么开心，我心里特别高兴。"翦象党乐滋滋地说。

尼亚孜·喀迪尔跟翦象党说着夹杂维吾尔味道的湖南话，他跟姐姐说和田口音的维吾尔语。饭桌上，语言的边际变得模糊，让翦象党觉得像在新疆一样亲切。在远方，倾听乡音也是一种回家的方式，尽管那乡音早已如梦呓，翦象党也已经根本不解其意。单从他们一家无拘无束的谈笑，吃得幸福开怀的表情，翦象党已经全然明了，尼亚孜·喀迪尔姐弟一家完全接受了他的湖南钵菜，就等于接受和认同了湖南维吾尔族的饮食和生活习惯，也完全认同了他这个湖南的维吾尔族人，同时他也为新疆亲人融进了湖南的生活而倍感喜悦和欣慰。

无论湖南的翦象党还是尼亚孜·喀迪尔姐弟都明白，对一种文化来说,包容比拒绝更有力量,在生活方式和民族习俗上,兼容并蓄比故步自封更体现自信。

尾声:在聚居的空气中

在去常德的火车上,眼睛无缘无故将轨道边的淡绿色合金屏风,看成"翦旗营"那倒映在水中的稻田。幸亏头脑不上眼睛的当,仍用理智分析出季节和所见不配,我看到的那一片水稻秧苗只属于记忆映射的错觉。我已经离开了桃源,离开了"枫林花海",离开了维回新村和"翦旗营",离开了亲切的"回味农家乐"。

让人欣慰的是,桃源县枫树维回乡的维吾尔族,所幸作为"维回乡"这样一种方式集体存留下来。但他们并不是以祖先留下的唯一文化传统来维持身份,多样文化的融合和血液再循环,让桃源的维吾尔族人在当地文化的脉络中完成了自尊的提升,他们发展了一种维持其村庄习俗和生活方式的文化。物换星移,如今他们已经成为文化的活标本,在现代展现出无穷的活力,为文化的相互关联和交流沟通开启了新的经验。

在中国的任何一个地方,封闭早已被打破,任何一个地区都被纳入多元化、全球化的世界格局。融合成为必要且无法避免的逻辑,桃源更是一座包容多种不同文化的民族熔炉。

飞驰的列车上，总感觉有一种东西，低头抬头之间，在空气里飘动，几欲捕捉，却总捉摸不到。恍惚间觉得那是"翦旗营"的黑色旗帜，是旗帜一样飘飞在风中的灵魂。这让我想起美国女诗人露西尔·克利夫顿的诗句——

> 在聚居的空气中
> 我们的祖先继续聚居
> 我看见了他们
> 我听见了
> 他们闪烁的嗓音
> 在歌唱

附录：湖南翦姓维吾尔族

湖南翦姓维吾尔族源远流长，可以追溯到元朝，是西域高昌维吾尔哈勒将军的后裔。有资料记载：哈勒者哈密人也，其先祖出自西域，回部望族。当时的维吾尔族对西辽强烈不满，又了解到铁木真兴元势大，因而身为高昌都督的哈勒，与亦都护合力杀死了西辽派在高昌的监国后，随亦都护归顺了铁木真。南宋宁宗嘉定四年（1211年），亦都护与哈勒到克鲁伦觐见铁木真时表示,"愿率部众为臣仆"。铁木真接受了亦都护与哈勒的请求,还将自己的女儿嫁给了亦都护。

哈勒勇武善战,屡战克捷,深得元太祖的赞赏,被封为"折冲将军",成了元太祖成吉思汗统帅下一支回部军队的首领。其后裔世袭做官于元代。公元十四世纪中叶,元亡明兴,明太祖朱元璋为巩固其政治地位,实行"以夷治夷"政策,哈勒·八十作为他开疆拓土的先锋,继任燕京都总兵之职,屡立战功。明太祖嘉奖哈勒·八十功绩,以其翦除敌对势力有功,亲赐姓为"翦",更其名"八十"为"八士",是时为洪武四年(1371年)。这就是湖南维吾尔族的来历。为了嘉奖八士,朱元璋又将义女吐叶公主(邓愈之女)赐给哈勒·八士为妻。明洪武五年(1372年),楚湘、云贵等地暴乱迭起,危及政权,朱元璋为稳定明王朝的统治,巩固建立不久的政权,下诏命回部将领哈勒·八士统领回部军入楚平乱。

哈勒的后裔从新疆南徙来到了湖南常德,最后定居于桃源。据1922年《桃源县志》记载:"翦常黎定居桃源陬市之翦家岗……迄今二十三世,人口约二千余,人文蔚起,簪缨不绝,计有贡生一人,痒生四十人,武官十四人,中学生九人,大学生十人,军官学校毕业生二人……"上述记载虽不完善,但它说明湖南维吾尔族接受汉文化,应试科举,儒学兴旺。

翦氏到了翦相时期,因追剿盗寇失机降职为千户,到了翦应朝、翦戎尤其是翦崇德(即桃源维吾尔族十一世)时期,翦氏已失其官爵、饷田、养军田,他们不得不弃戎从耕,在"翦旗营"定居下来，或服贾为商，或读书为仕。

历经战乱后的"翦旗营"荆棘丛生，一片蛮荒，翦氏的后代来到这里衣食难保，没有现成的农田、农具、种子，他们不得不改变固有的生活方式，重新从事一种陌生的事业——力田为农。

语言不通，习俗不同，交通不便，繁衍生息困难重重，当务之急是解决生存问题。他们从汉族地区弄来锄头、铁锹、犁耙、种子，披荆斩棘，把洼地垒筑成水田，把坡坎改造成旱地，把大小水坑开挖成鱼塘，在水草多的地方养牛羊鸡鸭鹅，虚心向汉族同胞学习插田种地，还学会了在南国种稻种棉，纺纱织布。

与此同时，在汉族同胞的帮助下，他们在枫树口等地方仿照汉族的形式，筑起了木瓦房和茅草棚，作为栖身之所。修桥筑路、经营农事，翦姓维吾尔族都离不开与当地汉族同胞的生产技术、生产经验的交流。严峻的生存环境，让人们团结协作、彼此支持，遇到困难相互帮助、团结一心才能抵御外力，维持生存。翦旗营曾经是荒山野岭，最终变成了富饶的米粮川。现在桃源的维吾尔族居住的白洋河两岸，山川秀丽，土地肥沃，是田连阡陌的"鱼米之乡"。正如嘉靖年间翦如琰在《翦氏族志·山胜序》中的记述："先祖子孙拓荒垒土，勤耕苦织，乃今吾族立足之本矣！"

自哈勒之徙祖国内地，到现在已800多年，从翦八士再徙湖南常德、桃源，到现在也有近650年的历史，翦姓维吾尔族绝大多数仍聚居在桃源县境内。发展至今，翦氏已有28代，人口增至13700余人，翦姓维吾尔族堪称"子孙繁衍，兴旺发达"。

一

在城市末端追赶生活

浙江义乌市一家麦当劳旁边，是阿卜杜的烤肉炉和烤馕摊。到了傍晚，这一带多是外国人聚集。两个黑人女子对阿卜杜伸出两根手指说"two"，说完拿起两个大馕，估计是她们明天的早餐，或者加几串烤羊肉和菜串当夜宵，比麦当劳里的汉堡便宜。

烤羊肉摊后面是一排巨大的带轮子的铁柜，像一列载着集装箱的小火车。铁柜旁的音箱里放着劲爆的音乐，阿卜杜快活地烤着羊肉，随着乐曲摇摆起舞，似乎把大铁柜当成了后台大音箱。

阿卜杜在麦当劳隔壁打了四年馕，现在除了卖馕，也卖烤羊肉，妹妹在麦当劳后面开干果店。晚饭后，他和妹妹会掀开白天锁着的铁柜门，变魔术一样变出琳琅满目的新疆特产。当太阳的光线逐渐被林立的高楼遮住，妹妹就会关闭干果店，跟阿卜杜一起把带轮子的铁柜推到三挺路夜市去摆摊。他费力地推着带轮子的大铁柜子，在快速旋转、热浪翻滚的街市追赶着生活。

馕、烤肉、干果是他们的白天,两个大铁柜里盛着他们的夜晚。

义乌这个地方,麦当劳与新疆馕、兰州牛肉面、浙江海鲜共融于一条巷弄,相映成趣,并没有什么是不相容、不和谐的。泡中国茶馆的印度人,大热天头上缠着厚厚的缠布,歪着脑袋跟当地人用汉语聊天,约旦人正在与店老板用英语交流,"地球村"的概念在夏日的午后,明晃晃、活生生地展现在义乌街市。

"丝绸天使"和"布匹王子"

哈丽达在义乌这一家丝绸批发店里做了十年,董事长不叫这位维吾尔族女销售的名字,直接用汉语的习惯叫她丽丽。哈丽达是迄今为止店里最好的销售员,她在新疆当过语言学老师,精通伊朗语和阿拉伯语,自从她担任销售,公司销售量很大。

哈丽达在义乌有自己的房、自己的车,她喜欢游泳、烧烤,喜欢泡吧、蹦迪、吃西餐、喝咖啡,她喜欢这个城市里各种文化交汇的氛围。她一边在义乌这个"国际大巴扎"寻找在乌鲁木齐"国际大巴扎"的那种感觉,一边希望有朝一日能在家门口再建一个"义乌",让各种肤色的人买他们公司运过去的浙江货。

在义乌打拼的维吾尔族人,并不是都像哈丽达那样拥有汉语甚至外语的优势,很多人仍处在义乌这个城市的末端,靠卖烤羊肉、炒瓜子、西瓜、烤馕或开饭馆挣房租、挣饭吃，他们每天很奋力地追赶这座国际化的商贸城市的脚步。

每周五，义乌闹市区喀什噶尔饭店的厨师会"移师"义乌最大的清真寺对面，那里会自动形成一个饮食市场，维吾尔族人和回族人把新疆美食以"大巴扎"的形式搬到了义乌，下了礼拜的各国商贩一窝蜂涌向临时美食摊，热闹得像回到"吃大锅饭"时代。

礼拜五这一天，这里的人流量几乎相当于一周其他时间的总和，周边的小店周五"吃饱"一顿，一周都可以不开张。除了周五，平时这里生意都很冷清，逛完整条街连一顿像样的早点都吃不到。在这里讨生活的维吾尔族人和回族人，有好几种生存之道，他们周五在这里卖牛肉拉面、烤羊肉串、批发牛羊肉，周五晚上就关了清真寺对面和开在其他西北饭馆集中区的分店，好多抓饭店、拉面店的招牌上都写着分店的电话。

义乌美食街阿布莱孜饭店老板的儿子阿迪力，在柯桥布匹市场做布匹中间商。柯桥成了他们的货仓和批发基地，租不起高价摊位，他只有靠父亲的饭店在义乌立足，做着替别人跑腿批货赚取报酬这种不需要成本的生意。一开始他追着别人的脚后跟跑，后来不断长见识，也掌握了做生意的窍门。

阿布莱孜没有把儿子拴在身边，他觉得"不能把所有鸡蛋放在一个篮子里"，家族成员分两地开展各自的业务，平时靠电话联系，喀什噶尔饭店门口的馕摊，也用于生意上的信息交流。阿布莱孜为儿子在柯桥的布匹生意做帮衬,帮他打听义乌市场的行情,成为儿子在义乌的一只"信息耳"。这样,父子俩一旦有一方行情不好,还可以有另一个作为支撑和缓冲的地带,好继续存活下去。

玛义德街口的"风暴"

义乌整座城市像一个翻滚的球体,裹挟着生意人不断向前翻卷,追赶着快速滚动的街市。

热闹的礼拜五市场过后,在玛义德街的一个路口,我发现了她,姑且叫这个在义乌街头卖瓜子的美丽维吾尔族女人"瓜子西施"吧。遇见"瓜子西施"后,义乌这个看起来很坚实的球体,就像一个开裂的核桃,让我看到了坚硬的外壳里面包裹着的脆弱果肉。

"瓜子西施"努尔古丽挥动着手里的铁铲,翻炒着铁锅里的瓜子,像把盐和葵花籽搅拌在一起一样,把自己搅拌进这座陌生而又熟悉的城市的人流里。她熟悉这座城市里每天经过她的陌生人流,人流会给她带来生意,因而让她感觉熟悉这座城市。她摇篮里的孩子就躺在热乎乎的瓜子锅边,在炒瓜子的香味里安然入睡。对"瓜子西施"来说,在一个陌生的城市,一家三口能有吃有住,已经不奢求什么了。

有人来买十斤瓜子,"瓜子西施"的炒锅热起来还得等一阵子,她听不懂汉语,不慌不忙指了指锅,继续埋头炒,一副一锅瓜子要炒到地老天荒的架势。客人旁边一个懂汉语的维吾尔族小伙帮她翻译,她回答人家,一锅葵花籽得炒一个小时,差一分钟也不行,她要保证味道就不能提前出锅。她炒的瓜子有一种像她一样很热诚的味道,不像别人,炒熟的冷瓜子倒在锅里,假装现炒的卖给路人。

买家问家里有没有炒好的瓜子,"瓜子西施"打电话让丈夫送过来。很快,她丈夫提着一个大号的白色塑料袋,从马路对面奔跑过来。他穿着拖鞋急匆匆地穿过马路的样子,不像是来送货,倒像是来给孩子送应急的奶粉。

这个靠着瓜子——这种最不起眼的零食生活在义乌的一家三口,让人觉出这座钢筋水泥城市的柔软,就像热乎乎的瓜子露出脆嫩的仁。买瓜子的路人提起那只白色的塑料袋,将一张百元大钞放在孩子的小推车上走了。

在义乌这种大家都想赚大钱的商业都市,没有人愿意做现炒瓜子这种手工慢活,因而炒瓜子才成为努尔古丽的专长,养活了这一家人。努尔古丽过去在喀什的电影院前炒瓜子,现在只不过把瓜子锅搬到了义乌街头,把义乌忙碌的生意场当成背景或电影院。只要有人买瓜子,瓜子就得有人炒,她炒得很安心。有顾客建议她弄个机器炒,她怕费电。旁边推车上睡着她的孩子,街口就是她免费的摊位,她有一份不动不摇的坚韧,雪白的脸,青青的眉眼。不时有人光顾这位用铁铲一分一角赚钱的维吾尔族"瓜子西施"的瓜子摊,蹲下来尝尝瓜子,或者坐下来等瓜子在大铁锅里慢慢爆出香味,让这个忙碌的世界多了一分闲适。

在义乌这个地方,卖再单一的商品,都能赚钱。就像"瓜子西施"只卖瓜子一样,"衬衫王后"罕妮柯孜只卖衬衫。在义乌的大街上,不管什么东西,卖得时间长了,来来去去的人就记住了。

湖北、河北、广东,天南海北的服装都集中在玛义德街口的夜市。各种肤色的人路过这条街,都喜欢买上几件罕妮柯孜的衬衣,二十元一件,一晚上她能卖掉七八十件。他们喜欢她混杂着各国腔调的英语,新疆的维吾尔族人,很多来义乌十几年也不会一句英语,罕妮柯孜把每个买衬衫的外国人都当成自己免费的"外语老师"。

罕妮柯孜操着腔调奇怪的英语,向外国人卖了一件又一件衬衫,街上来往的人几乎都是她的顾客,她是这条街上的"衬衫王后",进饭馆经常有人抢着为她买单,经常有人追着问她"有没有进新货",似乎不买她的衬衫,根本不算来过玛义德街。

三挺路夜市

进入巨大的义乌国际商贸城,见不到一个维吾尔族人,商贸城一区摆满绚烂的假花和节日的红灯笼,这些喧闹的假花和红彤彤的节日物品,更凸现出市场的空阔冷清。已经是网上市场的天下了,没有一定的实力,维吾尔族人根本租不起这里的摊位。

三挺路,白天是马路,晚上是夜市,就像是白昼拆卸掉、夜晚再搭起来的舞台。墙上画的劳动者,目不转睛地看着地上的劳动者一双双忙碌的手脚。孩子和狗,还有一个拉二胡、唱河洛大鼓的老人,天不黑就抢坐在摊子的第一个位子,像乐队首席,每天准时拉响二胡,像是宣布着夜市的开张。

三挺路夜市摊位月租金二万五千元,很少见到维吾尔族人的身影。有个卖西瓜的维吾尔族大嫂,有几个晚上在,有几个晚上不知去向,看来并没有固定的摊位。

整条街只有阿卜杜的干果摊能摆在三挺路夜市上,可以断定阿卜杜属于会动脑筋的维吾尔族人。在义乌要交房租,要吃饭,只干一种营生很难生存。政府给了他免费摊位,他也没钱雇人手卖服装。阿卜杜自己有打馕的手艺,让妹妹在周围卖干果特产,生活上互相照应,这个模式很像浙江农村盛行的家庭作坊模式。

夜市上,"瓜子西施"没出摊,街上就缺了一个热乎乎的角,她老公推车卖石榴汁,有买瓜子的老顾客,他就跨过栏杆回家去拿瓜子,他家住附近。他孩子咳嗽,妻子在家照顾。2014年5月新河下冰雹,努尔古丽和丈夫的六十亩棉花受灾,欠了别人十万元的债。2015年12月,摘一公斤棉花能赚三元,摘再多棉花也没办法在短期内还清债。后来,努尔古丽和丈夫跟着在义乌做生意的姐姐来到了这里,没想到炒瓜子一年挣了十五万元,还了债,还出年租一万六千元租了套房子,生活过得也不差。

努尔古丽夫妻俩不懂汉语,他们靠着卖瓜子,想让孩子上学学好汉语。好在南方一年四季都可以在室外摆摊,努尔古丽的瓜子摊旁,寄生出她丈夫推着推车卖石榴汁的摊子。她丈夫认为石榴是受污染最少的水果,味道和新疆的一样纯正。他喊一声"阿娜尔"(石榴),土耳其人、阿塞拜疆人都听得懂。他喊"阿娜尔",像喊爱人的名字一样甜。第一次来他摊子上的新疆人,喝石榴汁不要钱,不远万里来的老乡,这第一杯明里算是招待,暗里是为了招揽回头客。

下雨了,水果摊子上像变魔术一样"呼啦啦"变出塑料小房子,在外人看起来,一场风就能把他们搭的塑料帐篷吹跑。这种别人眼里不堪一击的生活,栖居在这里的人们,靠着坚韧、灵活、乐观,坚持着生存下来。

对生活在这里的外乡人来说,比起在家乡赚钱的艰难,这里可以说遍地是生机,同时也需要遍地去花钱,这边挣到手里的钱，快速流通，一眨眼的工夫就跑到了别人的口袋里。第二天一睁开眼睛，那些处在城市末端的人们，又要去追赶仅仅在一个晚上就抛开他们一大截的生活。

墓畔回声

在山东德州北郊北营村，仲春的晨光洒在苏禄国东王墓高大的坟堆上，坟土刨得很松，几株小草正从蓬松的黄土里探出绿芽。同行者在墓地的围墙外急急地喊：

"走，我们该回去了！"

这句话的回声在墓地四周撞击。我蓦然发现自己绕着水泥护围和墓地砖墙恰巧踱出一个"回"。来墓地的每个人，都有意无意间用脚步在墓地周围回旋转绕。

"回"字中间躺着的是苏禄王。惶惑间，我一时难以分清，这个"回"究竟是在唤我回去，还是在唤地下的苏禄王回去。我第一次惊心于对这个平平常常的"回"，内心有一种倏然的警醒。

明朝永乐十五年（1417年），苏禄国东王巴都葛·巴哈剌与西王、峒王，率340人的大型使团访问中国，那年苏禄三位王爷在北京愉快地逗留了二十余天，受到朱棣皇帝的盛情款待。使团离京后，乘船沿京杭大运河南下回国，到达德州时，东王突患

墓畔回声

急症，1417 年 9 月 13 日殒殁于德州以北安陵镇驿馆。

苏禄王长眠德州，他枕着运河的堤岸，听着黄河的水声，不管温度和湿度是否适宜，这里成了他永世的归宿。

东王下葬后，其长子都马含随西王、峒王等人回国继承王位，王妃葛木宁、次子温哈剌（塔拉）（译音）、三子安都鲁及侍从十余人则留在德州守墓三年。永乐二十二年（1424 年），明朝政府派人护送王妃葛木宁回国，王妃葛木宁眷恋东王，次年她再次返回德州，从此再未离开，与两位王子长期留居德州，直到去世。

现苏禄王墓东南侧，有三个比王墓略小的土堆，便是王妃葛木宁及东王次子温哈剌（塔拉）、三子安都鲁之墓。这个村子里的很多居民，应该就是他们的后代。苏禄国东王墓不是中国唯一一座外国国王陵墓，却是中国历史上唯一带有守陵村落的异邦王陵。

苏禄王的葬身之地最早并无村落，居民除王妃、王子及侍从十余人外，就是明王朝从山东历城迁来的三户回民：马丑斯、陈咬柱、夏乃马。因苏禄国习俗与回族相似，由三户回民负责王墓祭祀、耕种祭田及家务杂役，所有人同住墓侧。

大约在万历至天启年间（1573—1627 年），在东王墓西南立清真寺一座，于安、温二姓中各选掌教一人，负责宗教事务。每逢回教大典，掌教长率领安、温全体族人诵经祭墓，成为定例。虽然生活习俗与当地人接近，但在祭祀苏禄王时，后裔还是按照伊斯兰教习俗纪念，并没有仿效当地的祭祀仪式。

蕴情的土地

墓畔长满守墓者的后人

　　故国王土,变成不可企及之地,弥留之际,东王对陪自己同去京城、同奔归途的苏禄王子说的,少不了这一个"回"字。不能回去的父王,只有以王子回去的形式,完成自己回去的心愿。上一代回乡的意愿,可以让下一代承接完成,血脉就像一条河流,哪怕一条分支到达了源头,也代表这根血脉的回归。只是回忆这一段失去了父亲的路途,不知道这位王子回国后,会在怎样的思念和祈祷中度过一生。

　　按照大明礼制,守孝三年期满后,王子等守墓人员都可以归国,但他们放弃了回国。东王的第八世孙苏禄国王通述,请求清朝廷将德州守墓人员的后裔入籍中华。后经朝廷礼部查明,准予入籍。苏禄王后裔正式"以温、安为姓入籍德州",成为清朝编户齐民,并逐渐融入回族,结束了"客居"身份。史料记载说,两位王子和仆人随从学会了地方话,生活变得跟德州人很相像,当地人也对两位为父守孝的外国王子敬重有加。

　　德州当地的家族文化逐渐影响着这个新兴的王室家族。安、温家族的孩童在清真寺接受伊斯兰教基础普及教育后,也学习汉字以及《三字经》《百家姓》等。家族中出了十几位秀才,清初,温泮还成为家族第一位举人,官至广东按察司知事。温宪则通过科举入仕,累官至知府、道台。民国时期,安、温家族还在西北军中出了一位"不侍二主"的名将安树德。

东王后裔迄今已传至 21 代。今天的北营村已经拥有七百多户居民，其中安、温两姓占到四成以上，余下的以马、刘姓居多。全村光屠宰户就占了八成，并以温姓为最多。据当地人介绍，从古至今，安、温两氏修建的房子都分布在王墓的周围，表现了一种对先祖的尊敬。

本是些回不去的人，却成了回族，这几近语言学意义上的一个悖论。王的随从及其后人，在墓畔坚守，回去的想法，最终也只凝固在他们作为"回族"的命名里，如今他们与当地的民族融为一体。新中国成立前只允许族内通婚，如今随着观念开放，越来越多的王室后裔去外省发展，通婚不再只限于族内。

在北营村苏禄王御园里，遇到作为管理员的"80后"王室后裔安静。她笑着说，这里的王族后裔，早已是地地道道的中国人了，没有王族的感受，也没有总想着那块重洋远隔的"故土"，现在因守墓而发展起来的北营村，每家每户都可以用"安静"两个字来形容。

近些年，菲律宾苏禄王王室后裔访华祭祖越发频繁，北营村的安、温家族也有更多机会听到来自家乡的声音。菲律宾的亲人们来祭奠苏禄王墓的照片，挂满了苏禄王墓旁展览厅的墙面，人们坐在墓的周围诵经，说着早已遗忘了的从前，久远的岁月汇聚在墓前，他们与先祖在墓地旁完成了隔世的团聚。

看着眼前这一切，心中莫名地哀婉。我怀疑自己对"回"字的破译，只是一己的想象。面对偶然的文化转向，苏禄王后人和随从，他们当时是哀婉叹息，还是一心如铁扎根他乡，选择在异地上崛起和重建？

人类在大的文化转向面前，难以平衡自己，往往太在乎失去的东西。没人能将失却忽略不计而去论得到。面对失却，应有哀婉。哀婉也许能让人得到一种精神安慰和心理上的满足，却无法弥补和挽回巨大的失去。有时候，在突如其来的生存环境大转换之际，只怕连哀婉和叹息都来不及。

有故乡而不能抵达，苏禄王被埋葬在一个大大的"回"字中间。穿过久远的时间向后看，历史上一批把自己模仿成当地回民的菲律宾人，他们身上几乎浓缩了外来者在另一方土地上生命渐渐演进的过程。

墓地周围古老的松柏，像是一个个隐喻。逝者，可以以一座墓的形式落地生根，守望回不去的故国家园；生者，也可以像树一样移植异国他乡，守望一座经世之墓。一眼望去，墓葬周围，谷子一样一茬一茬长满守墓者的后人。

生活在另一块土地上重新打开

在苏禄王的墓地，我突然觉得汉字的"问"字与"回"字是这

墓畔回声

么形似,"回"字是被包围的,"问"字像是打开了一堵围墙和一侧的门锁。走向墓地一侧的门,我仿佛从"回"字,走到了"问"字。

墓中的苏禄王似乎在对我言语:回不去了,就像我一样,躺在陌生的土地上,晒晒异乡的太阳。像丢掉累人的行囊一样,丢下属于你的一切,学习当地人的生活,让子孙后代在另一片土地上繁衍生息。身为王者尚且如此,何况普天之下的苍生呢?

苏禄王及其随从的后人,是一群特殊的回族,他们从自己的文化偶然闯入了别人的文化。在六百年的岁月磨损里,他们渐渐褪掉了身上所有菲律宾人的印记,随着一代代与当地居民的融合,他们的节日,他们的服饰,甚至他们的长相,都完全回族化了。这个墓地里,没有任何能代表苏禄王所在国家的文字,东王亡故后,留下的守墓者和他们的后人,渐渐扔掉了原有的文化,他们的语言、他们的习俗都已湮灭。

当一个生命中最重要的人,被埋在这片土地上的时候,根似乎被无声地挪移了,墓地成了他们永远的故乡,生活在另一块土地上重新打开。他们完全融进了这片土地,他们顽强地生存下来,在辽阔的齐鲁大地上耕种、收获,这片宽厚而蕴情的土地喂养了他们。他们将清真寺建在墓旁,墓前还有皇帝题的墓碑,墓碑由一种龙头、龟身、蛇尾的动物驮着,这种人间不存在的动物叫赑屃。

赑屃这种在汉文化传说里具有神力的动物,没能在活的时候驮着苏禄王漂洋过海,回到他远隔重洋的国度。在他死了以后的六百年里,赑屃驮着墓碑,高昂着头,似乎一直在行进中。它穿过层层的岁月,漂浮在时间的河流之上。这让人想起这位菲律宾的王,从大运河坐着船一路自京城漂流下来的路程。这块墓碑将一直被这只不知疲倦的赑屃驮着远行,从他乡永远地往回走,一直走到时间的尽头。

幸好还有一个"回"字可守

  大地上的人们都在不断地迁徙,每个人的命运都在无奈地搬弄和无奈地挪移中变幻莫测。很多情形下,也许我们能够坚守的就是一个亲人的墓,甚至有时候,连亲人的墓都被我们抛到了千里之外。瞬息万变中,我们不知道我们会在哪一刻丧失家园,丧失语言,丧失文化,丧失生命的原点和能量。

  从大地的这一头迁徙到那一头,尊贵为王者,尚且命运难卜,半途葬身,难以料想我们的墓,最终会修在哪一段来路和去途中,甚至将来世界的某一处,会不会有一座为我们预备的墓,用来掩埋我们的遗骨。如果我们有碑,碑上会刻上什么样的痕迹,来讲述我们在接连不断的失却中完结的一生。

  我们从世界的这一处行往那一处,不知道会碰上什么样的风浪,遭遇什么样的险阻,然后就会彻底地改变我们回归的方向。我们会在哪里安身,会守住一个什么样的根?我们会在途中遗落什么?我们又能够坚守住一些什么?

命运这个听起来那么厚重的词语,在一场偶然面前,竟然显得那么轻、那么薄。甚至不需要战争,不需要瘟疫。苏禄王路途中的一场风寒,就足以使他的后裔命运转向、民族变更、文化尽失。这一群丧失了一切的人,代代更迭,如果到了最后,连出发的原点和初心都已忘记,一旦根系枯死,就真的再也没有还魂的可能了。幸好还有一个"回"字可守,只要守住了一部分,那一部分就成为种子和根,人就可以在那微小的一部分里存活着,繁衍生息。

苏禄王巨大的墓,以死亡的形式,向人们昭示着一种生,那是一个用一代代守护者的盼望浇灌的生,而这所有的生命的原动力,就是与墓地建筑形意相同的一个"回"字!他们的根系阴差阳错扎在了异国的土地,回族这个身份和名称于他们,已然成为一种心愿的象征。六百年梦回,内心还是听从着墓畔响彻的"回"声。

只要"回"这个愿望一息尚存,它就是有生命的一个字!这座墓也就是有生命象征意义的一座墓,因为它的盼望没有死,它的守护者依然守护着与墓主人相同的盼望,虽然那盼望就如石碑上的刻痕,由于年代久远,已经变得模糊不清,而守望者以不变的初心守望一座墓的姿态,已经成为这个墓旁强大的文化注解。

关于根与归根，关于归人与过客，关于回去和现在，关于我们该回到哪里和我们能够回到哪里，回不去以后，我们的生活最终会变成怎样，苏禄王的墓，将关于文化的宿命昭示世人。

现在，一切静静地化为一座墓的形象，回到历史深处。苏禄王的随从和后人们，六百年来化作大大小小的坟墓，融进脚下的泥土。他们活着的子孙，有的生活在墓地周围，有的从墓地周围迁徙四散，扎根别处，这些外来者不外乎这样两种宿命。

在墓地门口，我看到一位卖鞋垫的中年女人和一位卖茶叶蛋的老年妇女，她们用当地口音吆喝着。墓地的围墙根下，我看到许多与泥土打交道的庄稼汉，我看不出他们是不是跟这座墓有关系。我问，你们知道这墓里是什么人吗？

一个农民模样的中年男人回答："我爷爷知道，听他说是一个外国人，我们祖先守过这个墓。我们早就改种地了，现在这里是景点，不管墓里头埋着啥人，时间过去太久了，跟我们也没有啥关系了。"

守着守着，恐怕最后连守墓的人自己都忘记守的是谁了。

我看到有一家人聚集在墓地前的清真寺门口合影，一双年轻人推着轮椅，轮椅上坐着一个白胡子的老者，后面站着一对中年夫妇，男的戴着白帽子，女人头上戴着盖头。

中年女人指着墓地旁边的白房子说，她的家过去就在墓地附近，她的祖先就是守这座墓的。他们从很远的地方回来，为的是带孩子来看看自己的根。言语间，他们已把这里当成了自己的根。我看着那一家人推着轮椅上的老者进了清真寺的门。对于外来客漂泊的灵魂，也许只有他们认同这里是他们的根，才不至于在漂泊的命运中丢失自己。

回去可一定要趁早啊

这世界上，还有很多像苏禄王的后人和随从一样的人，虽然没有把"回"字写在他们民族的命名里，但作为回不到故乡的人，他们到死念着一个"回"字。当故土无法回归，我们将何去何从？我突然担心自己也像苏禄王一样，成了一个走到半路回不去的人，我更害怕成为一半回去、另一半回不去的人。

从浙江支边宁夏的我公公，死后躺进宁夏河套平原的黄土里，他的眼睛到死也没有闭上。他回不去了，跟他同祖籍的妻子守着他的墓，也回不去了。我能听见他喊着一个无声的"回"字。他没有喊出来的那个字，是一曲无法唱出的归乡哀歌，只有我这个几十年来跟他一样患着严重的思乡病的人能够听懂。

我的母亲是回族，我不知道她曾祖父以上那些久远的历史。我至少知道在半个多世纪前，黄眼珠、棕红胡子的回族太外公带着我汉族的外公、回族的外婆和后来成为我母亲的那个人，从甘肃天水张家川逃荒出来，到了新疆的北疆以后，就再也没有回去过。饥饿相逼，活命成了第一法则，整个家族仓皇迁徙，故园反而成为一个亟待逃离的噩梦。直到晚年，回去道别或走坟故园，才开始成为他们生命里生长出来的迫切念想，而漫长的岁月中，念想延伸的根或慢慢枯干，或被无常的命运斩断。他们那几代人直到死去，没有任何一个再返回过故乡。

带着一半的回族血统，现在生活在江南的我，一直想去母血的源头，认领我的另一个故乡。我沿着来路一代代上溯，顺着原初的根脉去探看，去抚摸，我不知道这样做，算不算替他们回去。

我身体内的另一半维吾尔族的血脉，渴望着与父亲的血脉靠近。父亲在二十世纪六十年代初，从喀什来到了北疆，直到生命终结，也没有再回过自己的故乡。父亲的墓就在离村庄不远的地方，我带着回到父亲身边一样的喜悦，在我的出生地老沙湾大梁坡盖了房子。衰老来临之前，我要做好一切回归的准备，这算不算另一种形式的守墓？墓地是我生命的原点，也会是我生命的终点，我只是一直流浪在路上的那一个，一直游动在两者之间。我们不想成为既不能到达，也无法返回的那一个。我的还乡，就是返回对生命原点的无限接近中。

现在我是另一块土地上的那个我，我精通宁波这个地方的方言，那是我父亲认为世上最难懂的语言。我谙熟南方人的生活习性，依照他们的习惯行事，除了尽最大的努力遵循能遵循的传统规则，我按这里的生活方式生活。每天走在路上一片怅惘，脚下的青石板上的苔藓，都摆出一副不认识我的吃惊模样，仿佛提醒我,为何煞有介事地错踏在南方的青苔上。

我半边脑子在想,死后也许我会葬在宁波东钱湖畔的穆斯林公墓,或许我会满世界走,最终连自己也找不到自己;半边脑子又在想,我要在死去之前,回到生养我的大梁坡,好在死后把自己埋进那片盐碱滩,去暖一暖父亲冰冷的白骨。人们还能从我双眼里看出什么?一只写着南方,一只写着北方吗?抑或是一种分裂?站在生活一侧旁观的那个北方的我,猜不透生活在南方的我在想什么,就像我一半的血脉,猜不透我另一半的血脉。

我要寻回父亲的血脉,母亲的子宫。我要在所有孕育过他们的地方重新诞生一遍,重新掩埋一遍,重新复活一遍,活成我应该活成的样子。一年一次亲近新疆那块熟悉的土地,成了我生活中最奢侈的享受,回去可一定要趁早啊,晚了,途中被什么事情一耽搁,恐怕连喊一声"回"字都要哑了,就像那个客死异国他乡的苏禄王一样。苏禄王患病他乡时,回不去了的醒悟是那么可怕!

看到我弥留他乡的样子

我努力使自己在苏禄王坟墓旁醒着,他的随从和后人们六百年来在他墓畔演绎的,是另一方水土上的生生不息。突如其来的死亡，让他眼前的一切都变得黑暗，他只能抗拒着走向生命的终点。遇到这客死的王陵，我似乎遇到了一个可以让我入戏的角色，一段为我而写的独白。我恨不能借这座墓冢，伴着他乡的墓畔哀歌，美美地哭上一回。

从遇见这座墓的那一刻起，内心的不安感和安慰感，就化成两股绳索，向两个不同的方向拉扯我的心。不安，是看见墓里面那些别人看不见的东西，安慰是因为几十年来怀乡的情感，暂时借助一个客死他乡者的坟冢得以释放。

在遇到这座墓之前，我的一些意识是沉睡着的，在这座墓旁，我遇见了另一个我。我的心猛然收紧，她原来一直在那里冷眼看着我在异乡生活、想念和撕裂，只是我平时一直故意沉浸、奔波在另一些事情当中。她是能够带我回到原乡的灵，我只是她在现实当中的空壳。她很从容，时间、心跳和喘息，都因她的从容变得很缓慢。我就那样看着她在墓旁踱步，绕着水泥护围转圈，踱出一个又一个"回"字。一些意识从我的心底新生出来，很强大，我无力制止，无法抗拒。

这座墓在恍惚中像一面镜子，照出了我多年后弥留他乡的样子。人是不是在惶惑中，才更容易接近和抵达自己？我突然想到，一个民族最终能留下的是什么？某个民族引以为荣的服装，最终可能成为任何一个民族的时装秀，说明服饰肯定不是。许多人以为可能是语言，苏禄王的后裔主动放弃了语言，说明他们意识到在与其他民族的融合中，语言可能会是障碍。而宗教信仰从文化学视野下属于一种文化形态,在社会学视野下宗教乃社会的"意识形态"。那么最终能留下的可能就是一种精神气质吧。

伫立苏禄王墓畔,两边是苍松翠柏、青柳白杨,我躬身捡起一片被风吹落的叶子,抚摸上面的叶脉。苏禄王,曾经作为一棵枝繁叶茂的大树存在过,这里曾居住过苏禄王的一个王妃和两个王子,王族的血脉衍生出的枝丫也曾在这里延续过。我没法比对植物的叶脉与人的血脉到底有什么不同。六百年过去,苏禄王的血脉从这里渐渐扩散到越来越远的地方,消融在齐鲁大地上,那些细若游丝的脉络,已经融合在更大的群体中。

墓地的围墙外,一幢接一幢守墓者和他们子孙的白房子,远看一片缟素,一重一重朝远处延展,像一个套一个的"回"字,似乎千万张口在重复一个字:回!回!回!这个有形的声音,以王的墓为原点,一层一层的回声在五月的风中回荡,在空空的墓地上空像涟漪一般不断回旋、扩展,自近处的层楼和人群扩散到远方,直到风流云散,再也听不到一丝回音……

沿着来路的风

东拱北

去东拱北(现属甘肃省定西市临洮县),我特地戴了黑色纱巾,上面绣着暗紫色花纹。这头巾是父亲的喀什乡亲送给我的见面礼。虎菲耶穆扶提门宦第四十代传人之弟马丰春,领我们前往东拱北,来到阿帕克霍加的回族田姓妻子和他们的儿子马守贞及后代传人的墓地时,裹在我头上的黑纱巾,见证了我的奇遇。

马丰春介绍说,阿帕克霍加是虎菲耶第二十五辈道祖,他们管阿帕克霍加的回族夫人田氏叫祖太太,阿帕克霍加的儿子就是他们的高祖,也就是葬在东拱北的虎菲耶第二十六辈传人(中原第一代)。

在这里听到喀什噶尔、阿帕克霍加这样的词,就足以震颤我的神经。看着他们熟悉的白帽子,听着他们酷似我太外公的回族口音,更是让我有种天地倒错、大陆漂移的晕眩感。

沿着来路的风

想不到甘肃临夏有这么多阿帕克霍加的后人，阿帕克霍加自喀什噶尔三出中原，在青海娶了回族女人，在临夏生子繁衍。想不到他当年传下的虎菲耶，祖祖辈辈相传至今，在甘肃临夏如此兴旺。

新疆喀什到甘肃临夏，当初阿帕克霍加传教都能走到，现代那么发达的交通、通信，两边的交往居然那么迟缓。关于阿帕克霍加临夏后人的讯息，几乎无人知晓，马丰春将此归因于语言不通。二十八年来，他每回去喀什阿帕克霍加陵墓（人称香妃墓）和附近的阿帕克霍加母亲的麻扎，静坐几日，然后默默地回来。他叹息，喀什和临夏两地，对于苏菲的一些宗教形式，恐怕已经各自不了解了。

马丰春说，1985年他设计东拱北陵墓建筑时，尚未去过喀什噶尔。1987年，他第一次到了喀什噶尔阿帕克霍加麻扎的时候，大吃一惊，他为阿帕克霍加的儿子设计的墓顶颜色，竟然与阿帕克霍加的墓顶一样，都是金黄色。这样的巧合在东拱北还有很多，东拱北的雕饰以蓝色和绿色为主，这也与阿帕克霍加麻扎的色彩一致。说不清这是一种血液里的遗传，还是安拉赐给他与先祖的通灵通感。

出中原

历史到底在哪里跛了脚,像一个摇摇晃晃的醉汉,言语含混不清。虎菲耶穆扶提信徒、后人口中叙述的那个拄着木杖,背着经袋子,前倾着身子,在黄土塬上艰难行走,"三出中原"传教讲道的人,到底是不是那个在史料中"躲藏到青海、甘肃,秘密前往西藏"的人?

喀什浩罕乡浩罕村——临夏康乐虎菲耶穆扶提门宦,两端在为他与他的先辈和他的子孙守墓,断了联系的两地子孙,中间却没人去连接。历史的河道被时间冲刷了几百年,两端一直固守着不同的他。

虎菲耶穆扶提的信徒、后人,都有一双被期待浸透的眼睛。他们携带着阿帕克霍加的基因,这样的基因喀什浩罕村的人也有。他们在时间的两端,紧紧拽住苏菲的精神血脉,阻挡和隔开他们的,我想不仅仅是语言,也非距离,而是那段疼痛的历史,顽石一样横亘在他们面前。

作为血亲,在喀什噶尔,虎菲耶穆扶提的信徒、后人不知道怎样面对世人对先祖的诘问。守墓者一定要抱怨墓中之人,后辈要责怨先祖,历史究竟由谁来作答?浩罕村的守墓者亦无言以对。

阿帕克霍加,广传白山派教义的是他,让叶尔羌汗国倾覆、焚毁非白山派典籍文献的也是他。为何偏偏都是他？子孙如何能评判先祖，如何能背负这样的命运？

问史，还是问心。一端在问史的时候，另一端在问心。一段残酷如铁的历史，一股尖锐如刀的旧恨，靠着人心可以化解、宽恕吗？

时间的斧头砍不断历史，生死的斧头斩不断血脉。如果人类失却了这样一种人性，就无法走到今天。虎菲耶穆扶提门宦，以血脉之情和传教之功来敬仰阿帕克霍加。孩子不愿意评价父亲的功过。无论世人如何评价，他们是他的骨血，这位先祖的血脉和精神，繁衍了这么多后人和信徒，这些后人、信徒毅然坚守着先祖留给他们的精神信仰。

爱一个众人夸赞的先祖，被视作理所应当；爱一个遭受谴责的先祖，需要人性的力量。

我不敢问虎菲耶穆扶门宦，他们靠什么融化那些由黑暗凝结的历史坚冰，他们也曾经历彻骨的悲凉吧，最终血液里绵延的人性战胜了一切。溶解仇恨与残酷的记忆，需要一个民族巨大的力量，那是把恨扭转为爱的能力。恨，有时也是一种爱，一种更强烈的爱逆向的表现方式。

喀什噶尔与临夏，父亲与儿子，默默相隔了几百年，在喀什噶尔，许多人以为，阿帕克霍加的后人去向不明。父亲不知道自己的儿子保全了家族血脉和信仰传承，在黄河之岸，千山之岙，为他繁衍了那么多后人。这些后人与信徒们，依然颂赞着他当年"三出中原"艰难传教的功德。

……阿发给（阿帕克）发起个教门了，送到中原里来了。圣人的家财是十二件。四件隐藏在里边。哈什（喀什）发起个教门了，八件贵宝出中原了。头出中原出现了，二出中原上到了。三出中原明显了，西宁城了下了降了。道祖（阿帕克霍加）下降西宁城，活人亡人们才有了望想。活人们道祖调养了，亡人们得脱离了。头出中原雅虎青，二出中原的粉青。三出中原白龙马，拉马的是李太的巴巴。李太把同太提拔哈，他二人把恩典受哈。八件贵宝交给他，原人到来是归他。五锃的锁子自开哈（自己开），原物归给个主家（主人）。从此上道祖把古转（奇迹）耍（显），东峪沟里把祖太太哈遇哈（相识后结婚）。菜瓜湾（地名）里把高祖（阿帕克霍加之子）生降（生育）哈，才有了田家的马家。田家的门上生哈了，马家的门上长大了。洮阳城里的满拉哥，西安的大寺里念过。道祖找他找不到，西安的大路上遇着。道祖把他哄（支）开了，我把你送到家里去给。腾云驾雾的起身了，高峰坡的梁上到了。他二人走到田家的门上了，田家的人把道祖请了。道祖啥请上了。从这里三祖团圆了。高祖哈给祖太太（阿巴克的夫人）靠（托付）哈了，好好个保养着大给。高祖托茶者走脚户（贩运茶叶），茶山上下了个降（父子碰面）了。茶山上把教门交代给他，从这里道祖回家。道祖正月二十起身了，正月二十哈什哈到了。道祖折回着进去（返回新疆）了，完法提（归真）

者哈什哈(喀什噶尔)了。洮阳城里的买卖人,担的是阴阳的担子。阴阳的担子担起了,手摇的战鼓们响了。田家的门上起身了,王家的大庄上转了。所想(向往真主)怕向(畏惧真主)的有望想(希望),三出中原开哈的道堂。

——《三出中原》歌词摘录

……

马丰春告诉我,他整理了这首在新疆、青海、甘肃虎菲耶穆扶提信徒、后人中传赞了三百多年的《三出中原》歌。这首歌对阿帕克霍加三次从新疆走出,一路传教的艰辛有详尽的描述。

人们至今传唱着它,思慕着阿帕克霍加"三出中原"传教的身影。在传唱的过程中,满满都是阿帕克霍加戴白帽子的后人与信徒,对血脉的虔诚守望。

马丰春说,《三出中原》是伊斯兰教虎菲耶穆扶提门宦口传心记的宗教历史诗歌,要把它写成书法,刻在石碑上。

我在路边,无意中看到一棵老杏树,与喀什的杏树一模一样,让人无端生出想象,恍然那是阿帕克霍加带来的杏干留下的种子,在这里生根发芽结果,一如虎菲耶穆扶提信徒、后人,在这片土地上茁壮繁衍。

蕴情的土地

在道堂

在道堂，一个个戴白帽子的阿帕克霍加的虎菲耶穆扶提信徒、后人，趁我们坐着喝茶的时候，悄悄走到我和同行的喀什老乡吐尔逊江身后，与我们合影。留胡子的长者谦卑地站着，离开时，把手轻轻扶在我和吐尔逊江的肩膀上示意，脸上带着感激与歉意，觉得侵扰了我们。

我和吐尔逊江像两个受宠的孩子，穆扶提道堂称我们是"喀什噶尔的维吾尔族稀客"，我们代表喀什噶尔人，在穆扶提道堂感受到的尊崇，是我们从小到大没有过的。他们以满含感恩的虔诚目光，把我们放在了贵客的宝座上。

我知道，座上的种种，都与我们跟阿帕克霍加来自同一地域、是同一民族有关。他们面对我们甚至有点无措，不知道该怎么表示那份亲热才好。他们看着我们喝每一口茶，一眼也不舍得落下，看我们品尝虎菲耶穆扶提道堂的水果茶点，一副极满足的表情。

虎菲耶穆扶提道堂竭力保持着与阿帕克霍加关联的一些维吾尔族的习俗。在临夏穆斯林的饮食中，只有虎菲耶穆扶提道堂保留着先祖阿帕克霍加从喀什噶尔传存下来的两种正宗的维吾尔族食物——抓饭和阿勒哇（维吾尔族人的一种甜品）。

虎菲耶穆扶提门宦,四十代人更替,三百多年不变,守护着道祖传下的精神。

吐尔逊江正宗的维吾尔族书法,让虎菲耶穆扶提道堂的人们惊叹。他们环绕着他,看他用优美的维吾尔文字写出一串串对阿帕克霍加后人与信徒的祝愿。

马丰春感慨,这是他们去喀什噶尔二十八年来,第一次有喀什噶尔的维吾尔族客人到虎菲耶穆扶提道堂拜访。他们想把这些书法用维吾尔文字刻在石碑上,放在东拱北阿帕克霍加儿子的墓地。

喀什噶尔阿帕克霍加的家乡人,与临夏康乐虎菲耶穆扶提道堂阿帕克霍加的信徒、后人,并肩站在一起,各自用不同的文字、相同的笔墨,表达同一种对先祖的感怀。

深厚的人类之爱,就是这样被连接,一代一代绵延不断,相传至今。

离开东拱北那日,我遗失了一件纯棉的素服。那件素布衣绣着白线的花纹,样子像外婆年轻时戴的白盖头,它像天使的翅膀,沿着来路的风,一直随我抖动到东拱北,然后便留下了。

作为维吾尔族和回族人的孩子,我该是欠着临夏这块地方一些说不清的东西。一步步接近这个地方,我也许是来还前世之愿的。

要离开挽留你、你也心有不舍的地方,身上总有一些东西会代替你留下来,原地等候你。那件素衣,或许有它的使命。

七日

第一日　死讯

那几天我们正在筹钱买新房子,公公的死讯就在新年的前一天到来,似乎存心和谁过不去。买房的事只好先停下来,活人的事可以等等再说,新年的头等大事变成了买墓地和棺材,筹办丧事。

丈夫在电话里向居住在南方的亲戚们传播父亲的死讯,像是在传死者的坏话那般不自然,似乎心怀歉意又不得不传,措辞中盛满不知所措的恐慌。听不到电话那头的对答,只看到他说话的样子十分古怪,全然不像是在说一件令他哀恸的事,倒像是在说一件令他尴尬的事。而且他用的不是很肯定的语气,仿佛在传播一条不怎么体面的小道消息,苦笑中还夹杂着对自己作为传话者这一角色的怀疑和嘲弄。

电话那头,亲属们正忙着给他奶奶过百天忌日,也许父亲死亡时间与奶奶百天忌日巧合地撞上，令正在吃忌日饭的亲属们格外吃惊，他们在电话那头的质疑口气，令丈夫也怀疑起自己父亲该不该在这个时候死去。他的表情和语气中夹杂着推卸责任的意味，好像不用这语气说话，别人就会把父亲死亡的责任推给他似的。

丈夫很快找到了办法来抵抗这个令他恐惧的事实：集聚所有的亲人，共赴中卫老家奔丧。丈夫打电话的声音变得越来越大，充满自信和号召力，似乎亲属们去得多些，能改变父亲已经死亡这个事实。我知道，他害怕，他需要给自己壮胆。

第二日　奔丧

每天不断地接电话，深夜不眠地等电话，只为等一个确切的死讯，父亲没有咽气，我们即使去了，还是要赶回来上班。听着很残酷，但事实就是这样，我们去的目的似乎很明确，就是去为他送葬。

站在公公的灵棚前，第一个念头是忏悔，我夺了他们的儿子后，就把后面的岁月扔给了两位离乡背井的老人。借口有姐姐和弟弟在那边，平时我们很少打电话过问父母晚年的生活，似乎他们都是钢铸铁打的，不会生病，不会寂寞，不会闹情绪，不会抱怨,不会想念。作为一儿一女的母亲,我懂得,一个孩子的孝心,是另一个孩子无法替代的。正如此时我的愧疚,也是别人无法替代的。

若不是公公,我和丈夫恐怕不会走到现在。与丈夫恋爱时,他母亲嫌我是异族,且有过一次失败的婚姻,喜欢笔墨的他父亲知道我是个搞文字的,对儿子的眼光很满意。

我相信平时陪伴和尽孝的机会多,对父亲去世的内疚和恐惧也就没有那么深了。丈夫的恐惧或许来自没能让父亲回乡养老,也没能在父亲身边替他送终,巨大的内疚在父亲的死亡面前转化成巨大的恐惧,让他无法心安。

这种恐惧在他的梦里展露无遗。那天他在楼下临时搭的灵棚里守了一夜的灵,天亮时才上楼休息。躺在父亲病逝的那张单人床上,丈夫梦见父亲伸手拍他的肩膀,他推搡过去,那只手又拉住他的胳臂不放,他在梦里向四叔呼救。

也许他的潜意识里,是四叔支持我们在南方扎根的,只有他可以向父亲解释和求情。在梦里四叔并不理他。当他从梦里醒来,向四叔和众亲戚叙述完这个梦,大家都默然了。

四叔似乎并不介意父亲的遗体在楼下停着,他在楼上高声跟亲戚们说笑:"老太太看二哥可怜,刚过了百天就叫二哥去阴间做伴了,二哥现在又来拉自己的大儿子。"

四叔两口子也是年轻时双双去内蒙古支边的浙江余姚知青,后来回乡安了家。言语间有着身在故乡生死无忧的优越感,虽说乐观豁达的劲头倒跟平常并无二致，在这个时候却让我感觉有些异样。也许作为许家家族的力量核心，在众人伤心时，四叔刻意担当了为大家宽心的角色。

无论四叔怎么宽心，暗地里我和丈夫都在担心父亲会责怪我们，没能在余姚为他养老送终。虽然在中卫也有一儿一女陪伴着他，他没有正式要求过要回余姚定居，可我知道他曾做过打算，想回老家陪老母亲。

那年春节，他到出生地慈溪天元镇走亲戚，回来跟我们说，天元的老房子收拾收拾还可以住人。我们只推说旧房子靠着臭水沟，夏天蚊子多，这话题就以环境恶化，小时候可以下去洗澡的小河变成了臭水沟为终结。公公还写了一个关于治理臭水沟的建议，事情最后不了了之。

父亲跟我们说起这事的时候，丈夫也许没往心里去，可我往心里去了。当时刚到异乡异地，生活中诸多不适应，对还乡这个话题比较敏感，我格外能体会一个离乡者的心绪。

当时我和孩子还寄住在四叔家，丈夫在外面跑销售，一家人尚无安身之处。后来我们买了套不大的二手房，公公和婆婆带着小孙女来，都要住在附近的亲戚家里。我们买了新房子后，公婆每次来带着大姑子当厨师，公公每次亲自去菜场采购，恨不得把在中卫吃不到的泥螺和小黄鱼都买回来吃进肚子里再回去。只是住不了多久，他们就牵挂着那边的孙子，赶回中卫去了。

在中卫的七天，我们一大堆从南方过来奔丧的人都特别怕冷，整日躲在暖气屋子里，只有大姑子跑上跑下忙着买菜做饭，下楼守灵，上楼招呼客人，感觉她在天上地界地跑。

零下二十摄氏度的气温，躺在灵棚里的人恐怕已经冻得硬邦邦的了。下楼到灵棚里，点根香，冻得吸溜吸溜，被刺骨的寒风逼到楼上，上来该吃的照吃，该喝的照喝，一顿也没有省。

第三日　棺木

公公的去世，让过去一直排斥参加异族死者葬礼的我，想起五十年前，我爹爹不避民族和宗教忌讳，在麦田里看守了一个自杀的汉族人的遗体三天三夜。我突然明白，死亡摆在那里，民族、政治、宗教甚至罪孽的概念顿时消亡了，唯有一具遗体横亘在活人眼前。

从楼上看下去，小叔子从中宁运来的那口雕花柏木棺材，就像一艘船泊在院子里。也许不该用这样的比喻，似乎将那口棺材比喻成船，就能使这个客死他乡者的灵魂得到超度。死亡就是死亡，棺材就是棺材，不存在隐喻，它甚至连一个死亡的容器都算不上，超度只是活人隐秘的意愿。

看了中卫的那块陵墓，面积很大，沿途都是枣树和苹果树，夏天应该一路上都飘散着花香果香。墓是双穴的，右边的位置给婆婆留着。

无端地联想到跟丈夫去看过的样板房，从讲价买房联想到讨价还价买墓地，从棺木装饰无端地想到房屋装修，从拱形的建筑装饰想到墓碑，活人和死者的境况相差无几，生与死的居所何其相似。

或许丈夫也有类似的感觉，他说，这次买了新房，他也不一定会住，他想回去陪母亲和姐弟，他甚至心思迫切到想提前退休，我听了只觉得茫然。他想了想又说，如果他退休了母亲还在，他就回中卫生活。

我知道，剩下寡母和守寡多年的姐姐在家里，他放心不下。父亲的去世，让他觉得家里位置空了出来，等着他填补。或许潜意识里，他想替代父亲这个缺失的角色。或许丈夫言下还隐含着想离躺进异乡黄土中的父亲近一些的意味。

第四日　墓地

公公喜欢喝两杯，他的每一盘下酒菜都是自己做的。几位老乡跟婆婆说，除了抽烟，家里做菜的人患肺癌的概率比较高，婆婆听完大概，血压瞬间升高了，脸红得像蒙了块红布。

公公从西安做完手术回来后不久，病情就开始恶化，去世前两个月，婆婆根本不敢去碰这个全身发黑，只剩下细长的几根骨头摊在被子里的丈夫，所有的护理工作都由大姑子承担。公公临死前的一个月，婆婆干脆待在院门口的门卫室里不上楼，夜里也睡在里面，说是替大姑子做门卫。

大姑子说她在楼下忙完上来，看见父亲眼睛圆睁着，摸摸人已经凉了。她开始给父亲穿衣服穿鞋，慌乱中她发现鞋子好像变得小了，费了很大劲都穿不进去，她担心父亲有话要说，不肯穿了鞋子上路。

死的时候身边一个人也没有，自然是死不瞑目，灵堂里公公的眼睛圆睁着，小叔子使劲往下揉了揉眼皮，随着他的手离开眼帘，公公的眼又睁开了。回来跟婆婆说，婆婆张圆了嘴巴，神情显得很慌张。

等到众人扫棺时，公公骷髅一样的颧骨上面深陷的眼睛，比先前灵堂里睁得更圆了，只是那眼里没有光。

小叔子的女儿媛媛偷偷对我说："爷爷去世，最后悔、最怕的应该是奶奶。奶奶没有好好照顾爷爷，每天住在楼下的门卫室，从来不回家睡觉，喝水吃饭，都由姑姑烧好了送下去。"

婆婆是跟公公一起插队的余姚女人，不大会照顾人，但至少让公公可以幻想有朝一日跟她一起还乡，这个梦一直做到死前，他还说胡话要回余姚，让婆婆快点收拾东西。

婆婆因为从小被家里人挤兑，至今记恨在心，一直不想回南方。听大姑子说，公公被查出患肺癌之前，买好了两张火车票，要拉着婆婆一起回来看看,婆婆死活不依,躺在地上打滚,抗拒公公的决定。结果公公叹着气让大姑子退了火车票。那时离他去世不到两年。

婆婆每次来都不肯在余姚久待,喜欢打麻将的她,回余姚最不习惯的是,虽从小在余姚城里长大,如今回来居然叫不齐人陪她打一桌麻将。她的牌友都在中卫,那里有和她一起下乡的几十个兄弟姐妹,操持公公葬礼的人,多半就是这帮余姚老乡。

在中卫那天,婆婆搬出了一本相册给我看。前几年余姚知青搞了个聚会,相片上合影的有四十多个人,她数了数说,已经有十几个不在人世了。这些活着没能还乡的江南人,死了都埋在了中卫的那片黄土里。

第五日 悼词

公公是个肚子里有墨水的人,一手毛笔字写得很清雅。中卫的家里正堂上悬挂的,是我给他从一位老书法家那里求来的"人生七十不稀奇",而他却在七十出头时走了。恐怕他南方的肺,生来就不该承受北方的尘沙。

我熟悉公公的笔迹,当年我跟丈夫恋爱遇到婆婆阻拦,他写过一封长信给我,意思是不要计较婆婆的封建思想,说自己的女儿离异后也是孤身一人,这并不代表她不贤惠。

　　大概从那个特殊的时代过来的人,都有动辄写信向上级反映问题的习惯。那年过年,公公来我家,给政府写了一封在我看来很不合时宜的信,信中那种以建设大西北的功臣自居,要求政府照顾后代的乞怜口吻让我羞愧。我假托已经交给了政府,将信偷偷塞进了抽屉。这次在葬礼上,碰到为公公操办丧事的余姚知青的头儿,问起公公的那封信政府有没有作答,看我迟疑地摇头,他很遗憾地说:"我告诉过他,那封信应该交给信访办,那里专门有人受理。"

　　本来公公的悼词是交给我来写的,我想了好几天,不知道如何总结公公的一生,最后还是由那个余姚知青的头儿代劳。丈夫在众亲友面前念了那份悼词,其中少不了"鞠躬尽瘁,死而后已"之类的话。有几句话让我眼睛发热:躺在大家面前的这个人,把自己宝贵的一生献给了第二故乡,最终将遗体埋进了黄河边的这片黄土。

第六日　入殓

　　在灵堂里,我撕心裂肺地喊着要带公公回余姚。或许在公公的葬礼上,我从头到尾都在哭我自己吧,哭那个想象中多年以后客死他乡的自己。

丈夫是个不会落泪的人,我从来没有见他哭过。那几天,他只是胸闷气短,长吁短叹,即使在父亲入殓时,他要哭出来依然很困难,偶尔干号两声,那两声在一群哭丧声中,只有我辨认得出来,显得很不自然。他一跪下就站不起来,每次都由我在一旁连搀带扶把他拉起来,全身的筋骨似乎被抽掉了,在父亲的死面前他显得软弱无力。

我给灵堂里的公公送了六天的饭,那些饭每次倒在一个陶盆里,入殓前,阴阳师把盆子里结了冰的饭菜,用钉棺材的铁钉撬碎,装进一个小瓦罐,那只没有盖子的瓦罐最后用馒头封口,用红底碎花的纸包起来。阴阳师让我用红线帮他捧住包了花纸的罐子,在罐口打了几个活结,说口不能扎太紧,吃的时候不方便。我知道那个被打扮得像一件艺术品一样的瓦罐,第二天出殡是要带到坟前砸烂的,听他这么一说,心跟着一热,仿佛那罐子里冰冻的吃食也让这句话化开了。

入殓时,丈夫用酒精给父亲擦完脸后,悄悄跟我说,纱布从脸上搽过去,像搽在冰疙瘩上。我安慰说,冻实了好,无菌,入土后可以保存得完好些。心里忍不住猜测丈夫那一刻的感受。

我跟丈夫说,人不是怕死人,人怕的是看见了自己的死亡。这话像是在安慰自己。我不知道丈夫怕不怕,他有事没事会喊我一声,一有空就挤到我身边来,看着我干这干那,或者叫我陪他出去走走,看看小时候玩耍的地方。他还喜欢走路紧紧扣住我的手指，扣得我手指发痛。这些细微的动作都是过去少有的，我明显感觉出，他想用这种生命的亲近，把一些占据了内心的对死亡的恐惧挤压出去。

第七日　遗像

　　料理完丧事，我将公公的遗像抱回余姚来了。那幅遗像我在灵堂整整看了六天，公公入殓后，大姑子的儿子马骏还让我把遗像抱在胸前，好让他把两侧的黑飘带和小白花用透明胶粘住，以防第二天出丧时在灵车上被北风吹落。

　　不知为什么，一开始我就认定了那张遗像只适合放在灵堂。丈夫却把它摆在了客房的橱柜上，遗像正对着我们的卧室门，与屋子里棕红的色调很不协调。这让我总觉得从那天起，另一个人接管了这间屋子，每次进卧室，都觉得有个人在门口看着，做什么都不自在。

　　丈夫知道我们穆斯林是不摆遗像的，我父母从来就没有照过相。过去我看到汉族人家摆着遗像，目光总是回避。

　　自从遗像占据了那间客房，丈夫也不再去那边看电视或者休息，他的活动空间转移到了客厅和书房，有时干脆就睡在客厅或书房里。他还找了各种理由，说那间屋子睡着有呜呜的风声，在书房和客厅就没有这种声音。那间客房靠楼最西边,窗户边上就是巷子,有风声是难免的,只是住了几年了,也没那么在意过。客房反正没人住,干脆就让给遗像吧。

我忌惮着那幅黑白照片,本能地将自己的日子与那张遗像拉开距离。大概是受我的感染,丈夫偶尔去客房敬敬香,象征性地去看一眼遗像,客房里一天到晚不开空调,冷冰冰的,没有人气。

儿子回来,我和他躲在书房里说说笑笑,这时候我也会想到在西边客房里的公公,不知道他是不是也听见了我们说笑。这又让我想起公公盖了薄薄的被子,冻得硬邦邦地躺在灵棚里,我们一大堆人在中卫暖气很足的热房子里吃吃喝喝、说说笑笑的场景,心里很不是滋味。

我跟儿子说,我们去给爷爷上炷香吧。爷爷活着的时候不能来,现在终于可以住在我们家了。

儿子说,我们去陪爷爷看会儿电视。

从小到大,儿子没见过爷爷几面,儿子以前总是抱怨,爷爷只照顾媛媛和马骏,从来没有照顾过他。现在爷爷死了,他原谅他了。

我和儿子都接受了这个老人以遗像的形式跟我们住在一起。遗像只占了柜子的一个格子,丈夫在像前放了一盒烟,斟了一杯酒。丈夫仿佛把父亲接到了家里生活一般,买了几刀冥币,说是等到五七焚化。我看了看,有美元、欧元和人民币。我说,看样子你要送老爷子出国旅游了。丈夫不置可否地说,老爷子现在出国,护照都免了。

活人总是按照自己的意愿来揣度死者。逝者已去,活人还要将日子过下去。我每次进客房拿东西,看公公一眼,公公也看我一眼,他像一面镜子,每天照见我早出晚归的不同神情。公公的眼神在镜片后面不断变换着,眼睛里有时是满意,有时是责备,有时是疑惑,有时是安慰。

忙完了,累了,我就去给公公上炷香,在他面前站着,什么也不说,他似乎什么都看见了,也听见了我的一两声叹息。

我与你终有一会

辨　认

　　列车到了天水站，上来一群甘肃张家川口音的男女，各个年龄段的声音挤占了车厢，像是一车厢的亲人大聚会。久不闻母亲乡音的耳朵仔细辨认着，我依次听到了太外公粗声大气的喊叫、催促声，外婆沙哑的嚷嚷声，姨姨轻细甜脆的应承里，夹杂着舅舅处在变声期的嗡嗡声。一团吵闹声中，我听到了一两声尴尬的咳嗽、清嗓子的声音，那动静像是我闷声不响的外公。

　　在他们中间，我突然听到自己小时候的声音，表妹的声音急急地插进来，像在跟我争什么东西。我叫起了"妈妈，妈妈！"我听到了母亲压低嗓音哄我睡觉的声音，我像喝了口热茶一样，心口忽地暖了一下。接着，腌咸菜的气味、橘子的气味、脚汗的气味交织着扑过来，我睁开眼睛从列车中铺往下看，一群男女有的坐着脱鞋子，有的在整理东西，一伙孩子在一旁抢橘子吃。

口音也会成为一种抚慰,对于我这样的人,坐上开往天水的火车是多么明智的行为,那感觉仿佛一不小心,就能遇见我少女时的妈妈。回到六十年前,我十五岁的妈妈,扒上一列从天水到新疆的火车仓皇地奔逃,奔向道路尽头将要孕育的我。

我多么希望失踪二十五年的母亲,在道路的尽头等我与她相会。

一个女人在耳语,像母亲在自言自语,嘘嘘嘘。又像母亲在给弟弟妹妹把尿时,不自觉地发出模拟小孩子尿尿的声音。我太熟悉贯穿母亲后半生的嘘嘘声,精神分裂后母亲什么都糊涂了,唯有给孩子把尿时,依然本能地发出这个声音。其余时间,她几乎都是用嘀嘀咕咕的自说自话打发掉了。

对面下铺的那个女人,张家川口音的耳语,酷似我的母亲,我闭上眼睛听着:

嚯嚓(喝茶)。菲普咔(睡不着)。且来(起来)。哔儿(被子)。搓哈(坐下)。胃头(外头)。一剪剪儿(一点点儿)。

女人新染烫的卷发枯焦,脸色苍黄,吊眉细眼凸颧骨,棱角分明的嘴唇时不时抿紧,让人觉得她心里藏着的秘密,一不小心启开嘴唇就会飞出去。她的口音和那抿紧嘴唇的样子吸引着我,像是母亲的魂附在她身上。她越是用力抿紧,我就越是想用目光去启开它。她蹙了蹙眉,眼睛也抿成两条缝,想要把我的目光拒在外面。

记忆中我从来不曾这么长久地注视过母亲的睡容。我像是补救一样贪婪地注视着对面下铺女人的睡容。她睡觉的脸比醒着的时候柔和了些,也年轻好看了些。她的被子高高隆起,仿佛母亲怀孕的身子掩盖在被子下面。

母亲在我们几个孩子婴儿时,都这么目不转睛注视过我们的睡脸,用父亲的话说,恨不得把眼珠子挖出来镶嵌在我们脸上。她的眼珠子到现在还镶嵌在我的脸上,就像此刻,我的眼珠子被一个与母亲生我时的年龄相差不多的女人牢牢吸住。

我红衣红裤的母亲,戴着金项链、翠玉镯,躺在我对面下铺,她将赤裸的脖子和手脚搁在被子外面,像放在一堆雪上。清冷的秋雨敲打着车窗,我想替熟睡的母亲拉一拉"哔儿"。

大概我的意念到达了她,她猛然睁开眼睛,光滑的脸蛋上一个麻点都没有,既熟悉又陌生。母亲脸上出水痘留下的麻点治愈了,还是她还没有到出水痘的那个时期?或者这一次她躲过了那场水痘?恍惚间,列车剧烈地震了一下。车厢里,叫卖"新疆甘草杏"的声音由远而近,我看见她咽了口涎水,那样子像极了怀孕时"害口"(孕妇害喜后偏食)嗜酸的母亲,我真想买一袋给她。

她趴在雪白的下铺吃"新疆甘草杏",小鼻头微微皱起,眉心里拧出一个"川"字,眼睛下面两道卧蚕鼓出下弦小月牙。我酸得替她流涎水。她吃完侧了身子,用小手指剔了剔牙缝,然后满足地舔舐着嘴唇,这个动作分明是我母亲的。

那女人一副慵懒困倦的样子,仿佛我产后的母亲,她闭上眼睛,一只手垫在侧脸上,一侧的金耳钉一闪一闪。母亲喜欢金银耳环、耳钉,总是把父亲抽完莫合烟的锡纸叠成耳环、耳钉装在衣服口袋里,想起来就拿出来欣赏,在耳朵上比画。可她一辈子没有戴过任何耳环和耳钉,也没有戴过项链和手镯。白色的"哗儿"簇拥着,依次是戴着金项链的脖子,起伏的胸,环着翠玉镯子的右手腕,赤裸的双足。我满意地看着那金子的成色,那些首饰仿佛都是我买给母亲的,戴在母亲身上。这个张家川女人替母亲戴上了这些金首饰,我的心在想象的补偿中,得到了从未有过的满足。

我的母亲睡了,睡在雪白的产床上。她生了七个儿女,从没有睡过一次产床。大梁坡那张土炕,那张沾满血迹、汗渍和油渍的羊毛毡子,那些洗不掉尿迹和母亲经血的被子、褥子,堆在我记忆里那么多年,终于有一张窄窄的、产床一样雪白的铺位,在想象中弥补了那缺憾。

我的母亲睡了,割麦子回来,放下镰刀,我刚刚吮吸过她那温热的乳房,她将半个胸脯袒露在"哗儿胃头"。我浇水回来的母亲睡了,将小腿上的红秋裤裤管高高卷起,她赤足蹬开白布"哗儿",像蹬开一窝暖洋洋的雪。

我怕白雪覆盖她的身子,覆盖她袒露的红衣红裤。她在尽情袒露新婚那一晚,对我父亲袒露的姿容和装束。像当年父亲对她的缱绻一样,我不舍地注视着她,贪婪着雪浪里翻滚的那一抹猩红。

列车剧烈地摇晃着轰隆隆地驶进隧道,天光暗去,母亲也暗下去。头发披散在白色的枕头上,像无数黑色的蛇朝着无数个方向爬行。她额头的发际线像远山黑下来,鼻头是一座小小的坟墓,埋着乡音的嘴唇抿紧后暗下去,眼窝暗下去,脸黑下来,进入阴影里。她不在了,白色的"哔儿"堆着,高高隆起,像坟墓上堆着雪。

翻　寻

自从二十五年前的那个冬天,我将精神错乱的母亲从身边弄丢,把那个最初孕育过我的子宫弄丢,把哺育过我的乳房弄丢,我就成了再也回不了家的孩子,我后来的人生一直处于不断翻寻旧日记忆的状态。

命中注定,我只会在这个叫李豆娃的张家川女人子宫里着床?命中注定她生了我以后就要精神分裂?命中注定她要在我长大成人后失踪?如果我的诞生,意味着她的疯癫,是不是可以把连接不幸的这段链条砍断?如果她逃往新疆后的最终结果是失踪,母亲可不可以停留在桃园?饥荒和疯癫,到底哪个更难忍受?生命到底在哪里出了错,才不可抑止地导致后来的悲剧?

父亲过世,将精神分裂的母亲丢给了我,母亲的命运就是被我丢掉,我的命运就是不停地找寻丢失的母亲。在天命之年,去这个女人的家乡翻找旧账,也是我的命中注定。我无法从命运链条的某一个磨损的豁口脱开去,我无法不成为她的孩子,我们可以对命运做无数个假设,而结局早已被注定。我们与此生该遇见的人,终有一会,正如我们与生命中那些躲避不掉的灾难,终有一会。

顺着母亲走过的路来到张家川,我似乎闻到了母亲身体的气息。我能感觉到母亲还在这里,十五六岁的样子,就像我的女儿。我真想把十五六岁的母亲,从张家川木河乡的桃园村带出去,一路护送到新疆老沙湾的大梁坡。这一次我想做一回她的母亲,改写她的命运,不让胆怯的她陷入饥饿和恐惧。

站在桃园太外公家旧院的土打墙边,我看见了前山的杨槐、后山的银杏,这些母亲少女时代看惯的事物。桃园山崖上矮小的土房子、旧窑洞,饥荒年月,亲人们三次出逃的山路弯弯曲曲,如同永远无法填饱的辘辘饥肠。杨槐树的花,母亲小时候一定吃过,若在六七月份来,我可以替她吃。

当年,太外公牵着骡子黑夜逃离,外公背着馍馍褡裢相跟。外婆带着母亲和姨姨们奋力扒上天水开往新疆的火车……六十年后的我,还在替母亲捏一把汗。倒过去看这场奔逃,似乎母亲那时的一切,皆为着遇到我父亲和我后来的诞生。我似乎看到那列搬弄李家几代人命运的火车上,饥饿的母亲恐惧惊慌的眼神背后,对生存的乞求。

蕴情的土地

那年月，父亲从拥挤着逃荒者的列车上，选择任何一个扒上火车逃命的女人，都可能成为我的母亲。父亲迎娶的偏偏是这个叫李豆娃的麻脸的女子，他一生都填不饱她那遭遇过饥荒年月的胃。她的口头语永远是把这个吃了，把那个吃了。她只是为了吃上这个、吃上那个才逃到新疆。那年月，一个人只为一口吃食、一个肚皮，竟要背负那么多灾难。

到了张家川，胃似乎自动定向，在寻找熟悉的记忆。我在炒面片里，翻找着老豆腐和酸菜，感觉不像是在吃饭，倒像是在翻找饥荒年月有关食物的记忆。蘸着老蜂蜜吃荞麦圈、玉米馒头时，胃表现出极度的快感，也许基因里就熟悉那种味道，我的胃里仿佛长出了外婆和母亲的胃，我是在替前面几代人吃。

走在桃园的山崖小道上，觉得那是母亲的脚步在移动，以至我错觉时间地点倒错到新疆老沙湾的头沟村，太外公和外公外婆从桃园迁徙到那里，一直生活到老。桃园在我眼里变得丝毫也不生疏，回到桃园就像我小时候寒暑假来到外婆家一样。

在桃园，我离老人们口传的那些历史那么近，每一个人都似曾相识，我理直气壮地对他们说："我是李福奎的重外孙女。你们认识我太外公、外公、外婆和我妈吧！"八十岁的人说认识，七十岁的说见过，六十岁的说知道，村里只有一家姓李的，经常听大人说起。他们说到太外公的骡子，戴着铃铛，佩着大红花，如何气派。连我母亲脸上的麻点，他们都放在记忆里，等着我来认领。

就在桃园村的土坡下面,小时候跟我三姨玩耍的伙伴跟我念叨着母亲的小名,母亲那时是个安静害羞胆怯的女孩,旧时的女子都不爱抛头露面,农忙时下地,农闲时在家里绣花做女红。认识我母亲的老两口说:"丫头,你坐炕的姿势像地道的桃园人,跟你母亲当年一模一样。"这动作是母亲传给了我。我小时候看惯了母亲坐在炕上的样子,到了她的老家,下意识地用了她的坐姿,总感觉这样的坐法才与桃园的炕头相配。

村人不断的讲述,让过世的亲人们复活。

我想象着在太外公的号令下,我的外公,这个太外公捡来的汉族孩子,每天不厌其烦地帮太外公套车、卸车、牵骡子、备马。外公每天满面灰土从外面回来,把骡子拴在靠黄土崖下的木桩子上,给它们饮水添草料。精明的小脚外婆小心翼翼地给公婆端上滚烫的罐罐茶,大户人家的女子,向来知道如何察言观色。秋天的清早,太外公家门口的墙上挂着长长的红辣椒串,上面结着一层薄薄的霜,像撒了细砂糖,墙根晾着刚收的玉米棒子,场院里堆着麦秸垛子,圆圆的像一座座茅草屋。外婆开始在厨房切新鲜的土豆,大姨姨忙着扫炕、擦桌子,三姨和四姨在收拾院子,小姨在一旁追一只被鹅叼走的毽子。我未来的母亲对着镜子,梳好两根长长的黑辫子,朝这边看过来。她目光很惊奇,我感觉她在与我默默对视,她似乎看到了站在六十年时光背后的我。

蕴情的土地

命　案

这里是亲人的故土，历史翻过去的桃园的那些书页，我都想重新翻过来再读一遍。我试图寻找太外公家族坟地，有人说很早的坟地在高处，我爬到窑洞顶端的土崖上，百年过去，即便这里曾经埋过亲人，现在也只见荒草，不见坟堆了。在坟地里，我想找寻一个谜底：那个因太外公而丧命的用人，埋在了哪里？

我一遍又一遍踏进太外公家荒废的院子（据说，这个院子后来的主人，几年前去了新疆）。在桃园好些人家的院子里，挺立着各个年代的房屋，从一百年前的，一直到几年前的，就连早年在崖壁上挖的窑洞，都加入新旧房屋的大聚会。房子，一个家族几代人的历史，全部摆放在院子里，这种景观在桃园这么理所当然，像是专门在等我来，把百年桃园的断垣残壁、旧貌新颜一起看个遍。

我在杂草丛生的废墟上来来回回地看，我想知道，当年那个外公卧室的位置……那里是我母亲出生的大炕，卧室的地上曾经挖过一个长方形的大坑，放过用人的尸体……

那是发生在太外公旧院的一桩命案，是太外公和外公外婆生前向我们隐藏起来的、发生在这个家族里很重要的一桩命案。它直接导致了李家在桃园的败落，它导致李家为了赔付掏空了家底，在饥荒中撑不下去，一家三代人全部逃往新疆。

我来桃园就是想发现亲人们有意向我隐瞒的家族秘密，直觉告诉我，这些秘密或许与母亲的精神问题有关联。我试图找寻母亲出生的那个卧室的位置，我不断想象卧室地面当中，那个被妥家的亲属挖出来的大坑，里面搁置过被太外公打伤后上吊死去的用人妥老实的埋体。

当年太外公家发生的那桩命案，外公、外婆、母亲都是知情人。不知是因为心中亏欠，还是恐惧，对用人妥老实之死，他们都心照不宣地对后辈们守口如瓶。直到外公、外婆殁了，大姨姨在冬夜的炕头上，才对我说出了这个埋葬在李家三代人内心可怕的秘密。

在桃园村土崖上，面对马家塬遗址深深的黄土大坑，我如临深渊，不敢多看，它让我无端地将它与家族的那桩命案联系在一起。

对于别人，马家塬意味着从古墓葬群挖掘出来的、陈列在博物馆里的珍稀文物，意味着横亘在桃园村头顶上一个个墓葬坑里战国时期的豪华马车，意味着那些西戎贵族女子的金银玛瑙首饰等陪葬品。马家塬墓葬对于我，是太外公家附近一个暗藏在地下千百年不为人知的邻居。

西戎贵族们把地上富丽堂皇的生活转移到了地下，太外公一家在他们的头顶过着殷实的日子，贵族们从来没有嫉妒过，太外公对地下的金银宝藏也一无所知。我的祖辈几代人白天在那么大一个古墓葬群旁来回踱步，晚上隔着厚厚的土，头枕古墓里豪华的棺材和陪葬品安然入睡，日子在浑然不觉中过去，阴阳两厢像住楼上楼下，相安无事。古墓里被他们震落的灰尘，在安宁的岁月里一层层堆积。然而，灾难也就在这样的安宁之中突如其来，用人妥老实的死，改变了桃园李家的命运。

桃园村的老人们向我述说了六十多年前的那一幕：雨后山路泥泞，用人妥老实吆着骡子车去山下拉水，待回到半山崖上的太外公家，车上一木桶水在颠簸中洒得只剩下一半。脾气暴躁的太外公用舀水的木头马勺向妥老实劈头砸去。暴怒的太外公不听妥老实辩解，委屈的妥老实捂着流血的头，躲进牲口棚里，盛怒难消之下，把自己受伤的头颅吊到了木梁上……

妥老实的家人从酸刺湾赶来，在外公、外婆卧房当中挖了一个长方形大坑，亡人被安放在坑里，上面盖了几把新打完场的麦草……双方僵持不下，说不清亡人到底是被打到头部以后当场毙命，还是挨打之后气不过悬梁自尽。人亡了总要赔偿，妥家牵走了太外公驮货的十几匹骡子，将李家家产洗劫一空，扬言要李家搬出去，将房产变卖了抵命。

为保住房子，太外公逃出去，找衙门想把官司打赢。李家所有人被妥家用家伙逼着守埋体，不得离开屋子半步。太外公不回来，他们就不埋人。

大姨姨和几个妹妹（包括后来成为我母亲的那个胆小的小女孩，当时她还不满十岁），吓得躲在对面的屋里，埋体在炎热中散发的异味和死亡的恐惧一起在李家院子里蔓延。

在古墓旁安然地结婚、生孩子的李家几代人，被一个亡人的埋体折磨得魂魄不宁。大概那时的怕是双重的，看似怕面前的死人，其实是怕亡人背后那些因人命来索钱的活人。太外公找来了法医尸检，确认妥老实是头部受伤后自尽而亡，李家老小这才保住了赖以安身的房子。

走过桃园好多人家，门上都吊着生锈的大铁锁，村里人都说这家人去新疆了，那家人去新疆了。去新疆的故事还在桃园继续，不过已经没有那么悲凉了。现在去新疆的桃园人，有的是打工，有的是移民，不再是逃荒。半个世纪以来，新疆与张家川桃园的缘结得够深，当年太外公将一家三代全都迁到了老沙湾的头沟村，旧院子后来由太外公的姐姐卖给了他人。太外公弥留之际，在头沟的家里念叨桃园，蜡黄的脸上老泪纵横，浑浊的眸子里映着昔日的桃园，现在想来，是不是也印着妥老实的那桩命案。

妥老实埋体被放置在外婆卧房的那半个月，血肉之躯已经长满蛆虫。不知道法医何以鉴定出他是自杀还是他杀，据说是从亡人颈部发现了绳子勒出的血痕。在揭开的谜底前，我还是疑惑重重，想找到妥老实的亲人问个究竟。

我猜测，母亲小时候目见了那一场命案，也曾经守过放置在卧室正中大土坑里血迹斑斑的埋体，她最初的神经也许就是被那一场恐惧损坏的。用我大姨的话说，是那个亡人附了魂在她身上，他一直不肯饶恕李家的人，以致李家每一代中都有一个人患上精神分裂和自闭症。我做着各种假设：如果没有这场血案，也许母亲就不会疯癫大半生，她的最终命运就不会是失踪。大姨觉得，李家一定是因为这桩血案受到了妥家的诅咒，如果求得妥家的宽恕，让失手误杀者和被杀者在地下实现和解，也许就能够斩除母亲和李家后代的病根。然而，这样阴阳两界隐秘的关联，有谁能给我一个澄明的答案？

依照从桃源一户妥家亲戚口中打听到的线索，我让木洞乡来桃园驻村的马新元开车载着我，翻山越岭去找妥老实家。千曲百拐，终于在关山山巅上的酸刺湾，见到了妥老实的侄孙子。妥家人至今没有忘记那一段惨痛的记忆，妥老实六十多岁的侄孙对那件事情的始末，尚能说个大概，也都是从上辈口中听来的。对于妥老实到底是挨打后一气之下自缢，还是我太外公失手误杀，他们无从说清。

本来风平浪静的妥家，因为我的到来，再次掀起浪花。逝者早已化为尘土，我再追究恐怕只让生者不宁。对着妥家后人说出自己是李福奎的重外孙女很费力，全然没了那份在桃园时的理直气壮。我是一个戴罪的人，来乞求妥家的宽恕，企望生死冤家能在地下实现和解。

我向那个唤妥老实"四爷"的花白胡子的老人，表达了心里的亏欠，并向他打问"四爷"的坟地。到底是淳朴懂礼数的回族人家，他本来称呼我太外公"李麻子"时带着仇意的脸，放得缓和了，一边招呼小孙子带我去家族墓地，一边安顿着妻子做饭，嘱咐我上完坟,转回来吃了饭再走。

妥老实的侄孙和儿子、孙子三代人一起,隆重地送我走过了一段村路。妥老实的侄孙指给我土崖下"四爷"一家的旧院子,从崖上看下去,妥老实三个后人的房子排成一个兴旺的三角。可惜都是空房子,三个后人都去外地打工了。事情过去了六十年,前后三四代人新生,那场悲剧早已被刷洗,院落房舍齐齐整整,看不出任何曾遭遇不祥的痕迹。

从村里出来,上了一个山坡,又下了一个坡,一块方形的空地厚实地摊开在坡底,连绵的土丘托着妥家亡人睡的这块土地。带我来坟地的老人的孙子提醒我停下来,不要往里走,他说每逢大尔迪(古尔邦节)、小尔迪(肉孜节),妥家的老少都会来上坟,阿訇让他们跪在庄稼地里,不准进入坟区,怕不小心踩踏了荒草下的坟土。

长满荒草的坟地里,已经看不清哪一座是妥老实的坟堆了。我一下子觉得过去那场悲剧有点不真实,生死恩仇在一大片杂草丛生的坟地面前,忽然变得模糊不清。老人的孙子默然立在一旁,似乎在提醒我过去那段记忆不该被遗忘。

我认为是母亲的灵,将我引到酸刺湾,找到了妥老实的亲人和他的墓,让我代我的家族忏悔,了结这桩隐秘的心愿。我面对整个坟地跪下,祈求妥老实的饶恕,请求他在地下与我的亲人们和解。

荒草中两道车辙穿过墓地,在邻近新翻的黄土边消失。一群麻雀飞起来，向远处散去，一片荒草被我压倒在膝盖下面。我感觉每一棵荒草都是李家的亲人，跟着我一起请求死者的宽恕。

安　放

　　寒夜里独眠，冷了自己生煤炉，吃一碗面来回走五六公里路，宁可冻着饿着，黑暗里做噩梦，也舍不得离开桃园半步。饥饿、寒冷和惊惧，我母亲经历过的，我都想代替她经历。我想陪着我的母亲和祖辈们住着，替母亲多看几眼伴她长大的村庄。

　　马新元的同窗马宏安从张家川来看我，要拉我走回县城，"你在村子里举目无亲。天这么冷，吃住都不方便。"

　　我心有不甘，"村子里都是我的亲人，我不能就这么离开桃园。"

　　马新元默默在一旁看着我。

　　我倔强地对抗着要留在桃园，我舍不得离开母亲出生的那个院子，想离得近一点。这个村庄跟我有着千丝万缕的联系，我在意这土崖上住着的每一个人。在这里我能遇见某个像她的女人从哪个巷子口出来，会在哪一片庄稼地里，迎面碰上像她的女人背着新掰下的苞米回来。说不定迎面过来的哪个老汉，就是当年喜欢过她的小伙子。

"过去都成了虚幻的影子,什么都不在了。"宏安劝我。

肃杀的秋风里,我听见村里每一棵树、每一棵草都在摇晃着枝叶对我道歉:对不起,你要找的一切都不在了。我决意听从宏安。

宏安说,寻根寻根,根在你心里。

宏安的话,对于我是莫大的安慰,也猛然间击醒了我,根早已无处找寻。

我一路满怀兴奋奔到桃园,甚至在潜意识中构想出道路尽头迎接我的是家族团圆的幻境,就像到小时候常去的头沟村外婆家。我被自己制造的幻境骗到了桃园,我几乎要将自己的虚构当成真实。我无法理解是什么力量在支撑着我,竟然如此异想天开,将原本已明了的真相蒙蔽起来,虚拟出时光倒转后亲人们仍驻留桃园的景象,我竟然幻想二十五年前走失的母亲,回到了少女时代,在桃园等我认领。我相信,母亲就是个影子,也会将我引向我该到访的地方。

原来,这一切都是用想象麻醉自己,好让失母之痛得以缓解。

在桃园,一切都不复存在了。太外公不在了,外公不在了,外婆不在了,母亲也不在了。亲人们不在桃园村,也不在头沟村,他们早已不在这个世界上了,我再辛苦地寻觅,也无法为自己复原出过去。如果这是一次寻根之旅,那条我要寻找的根,早在六十年前就被连泥带土从桃园拔出,移植到了新疆,未能落叶归根的前三代人,都已经埋在远隔千里的新疆老沙湾的泥土里。

  陪我去过酸刺湾的马新元似乎被我的执拗所动,他或许明白了此刻什么能安慰一个远路里来的人,让她安放那颗寻母不得的心。他说:"想母亲的时候,随时回来,打开这一扇门,这里总有一席之地,安放你的念母之情。"他不知道,这句话在我心里的分量有多重,寒冷中突如其来的温暖让我默然垂泪。我顿时明白,一个找不到母亲的孩子,最需要的是一个寄托哀思、安顿心灵的地方。

  我以为像我这丢了母亲的人,会在桃园遭遇异样的眼光,我以为酸刺湾的妥老实的后人们会赶走我这戴罪之人,从桃园村到酸刺湾,母亲故乡的人们的目光让我倍感内疚。我自知不配住在母亲出生的净土,桃园竟敞开怀抱,那么不假思索地接纳了我。意料之外,寻根桃园村的我,竟在母亲出生之地度过了一段光阴。桃园对于我,究竟埋藏着怎样的玄机,上苍不为我揭开谜底,我根本无从探知其中的奥秘。

  自从母亲失踪后,我内心一直不愿意承认,她已经不在人世了。我没法承认,她是在清醒的状态下,为了减轻我的负担而出走不归,我一直不愿承认我现在所得的一切,是母亲疼惜我,以她的失踪作为代价换来的。这样的直面,会让我的生不堪其重。她失踪了二十五年,我一直没有为一个生死不明的母亲举行葬礼。她一走了之,似乎什么都不需要了,作为女儿,我终身背负着她的牺牲。我欠着她,欠她一次葬礼,欠一次为她送埋,欠一块她睡的黄土。

这一天,我回到那一间我寄身的斗室,用饮泣的方式,度过了两个小时的聚礼光阴。我在意念里为失踪了二十五年,生不见人、殁不见埋体的母亲举行了一个精神上的葬礼。我想为她立一块小小的墓碑,上面刻上她的名字和出生日期,而她过世的日子,我会写上今天这个日子。

眼泪冲洗出的积蓄经年的悲伤,都由桃园的一草一木承接负载了。哭泣声被压低,低到黄土之上,让活人听见;这声音低到黄土之下,树藤的根须颤动泥土,让亡人听见。哭泣声灌满了我的身体,我的五脏六腑呼吸着这声音,血液脉动顺应声音的高低起落,顺应着祈祷的声音,穿透生与死的界线,去慰藉母亲之灵。

古　丽

第一眼看到古丽的时候,我不知道说"找到了自己"更恰当,还是"迷失了自己"更确切。在母亲家乡张家川,遇见嫁给回族男人的维吾尔族与哈萨克族的混血女子,而且与我同名,这不能不说是我此行的一个奇遇,又像是某种颇具象征意义的隐喻。

古丽在电话里用维吾尔语说,她在关山草原等着我去看她。

我有一种奇特的感觉，仿佛我在跟另一个我对话，仿佛另一个我在呼唤我去看她。

她说她在等我的时候，语气里那种不可抗拒的意味，那种我应该去看她、必须去看她的固执，好像前世我与她就有过约定，这一生只是来践约。古丽和关山草原在我意念里立刻有了一种神秘感，我决定翻山越岭去看她。

沿着盘山公路绕了几十道弯，终于见到了古丽，她与我长得很相像。我拥抱了她，内心没有丝毫陌生感，就像拥抱另一个自己。

古丽的丈夫有着关山男人的敦实和憨厚，他是在阿勒泰为古丽家捣酸奶的时候爱上古丽的。牧场上的爱情就是那么简单，我可以想象出那种牛奶一样的纯洁，草原上蓝天白云一样的浪漫，也能猜测到那种巨大文化差异下，两个青年男女之间产生的不可抗拒的吸引力。正是这种吸引力，让古丽超越民族、语言、生活习惯的不同，从阿勒泰远嫁到张家川。

古丽戴着张家川女人的盖头，忙里忙外，别人叫她古丽，我也跟着答应。十几年跟回族媳妇们在一起，现在的古丽浑身都是回族味。她与我一样会讲哈萨克语和维吾尔语，但在平时，她只讲张家川味道的甘肃话。

古丽带着丈夫孩子到娘家阿勒泰，亲戚们说维吾尔语和哈萨克语，丈夫和孩子听不懂。古丽跟丈夫和孩子说张家川话，阿勒泰的亲人们也听不懂。她操着两边的语言，平衡着亲情。一回到张家川,古丽的维吾尔语和哈萨克语,像捣酸奶的槌子和袋子,从张家川生活里"退席"。

在这个哈萨克语掺杂维吾尔语的古丽面前,我交替使用纯正的哈萨克语和维吾尔语时颇有快感,甚至有点卖弄的味道了。潜意识里,在古丽那一口地道的张家川话面前,我在用多种语言优势驱赶自己不伦不类、蹩脚的张家川话。

古丽说初来张家川时,不习惯多吃蔬菜少吃肉的日子,觉得丈夫把她当羊喂。在新疆的草原上,羊吃草,人吃羊。古丽跟丈夫回阿勒泰,维吾尔丈人和哈萨克丈母娘见回族女婿来了,一次宰了两只羊,顿顿给女婿煮手抓羊肉。这让回族女婿领教了新疆人吃肉有多厉害。

古丽说要用新疆的礼节招待我。餐桌上我看到的是:奶茶变成了盖碗茶,包尔萨克(哈萨克族的一种油炸食品)变身为油香(回族人的油炸面饼),烤馕被香豆粉花卷儿代替。餐桌上摆满了关山的野菜:乌龙头菜、向日红秆、香椿、蕨菜,还有一盘关山松子,是他们亲手采摘的。好在有古丽特意准备的馓子,让餐桌上多少有了草原民族的味道。羊头羊蹄、大盘鸡、拉条子和抓饭,是古丽按照草原上的礼节特意准备的,这些饭菜只有新疆的亲友来了才会上桌。

值得欣慰的是,与骑马放牧的"草原古丽"生活相适宜,离古丽家所在的宝坪村不远就是关山草原。似乎古丽在的地方,草原就在。席间,我出神地看着跳起哈萨克族舞蹈的古丽,她让我不由得想到两千多年前，曾在这里居住过的草原西戎民族。若以马家塬遗址博物馆见到的西戎民族惊艳的服装头饰，将古丽装扮成环珮叮当的西戎女子，也是极相配的。这样想来，或许古丽到了这里，也不算是背井离乡。人类的迁徙自有轮回，这是她在相隔千年后重返故乡也说不定。

母亲当年若留在张家川，她生的那个我，就应该过着眼前这个古丽现在的生活。在我四处游荡的几十年里，古丽一直替我守护在母亲的故乡。离别时相拥的瞬间，我与古丽变成了一个人，仿佛完成真身与替身的一次合体。这个与我同名的古丽，她替我留在了张家川，我心里对她充满莫名的感激。我会时常问候她，就像问候另一个自己。

弟弟的神坛

蕴情的土地

重症监护室家属探视区,一个中年女人弓身趴在椅背上,两只手掌撑住脑袋号啕大哭。几个穿橘红色背心的志愿者追过来问我:"您是死者家属吗?"那一刻,我的身子一下子失重,恍惚间魂像是要飘出去了。

那个年龄与我相仿的女人,她的弟弟刚刚离开了这个世界。那几个志愿者误以为我是死者家属,围过来问我是否需要服务。这个误会似乎在暗示我,弟弟离死亡只有一墙之隔,我离成为"死者家属"也近在咫尺。

一

弟弟住院那天正好是中秋,我和妹妹各自从长江、香江边赶来，在弟弟的病床前团聚。弟弟发着高烧，瞪着发红的眼睛，显得莫名的亢奋："我从天花板上往下看着病床上的那个人，我能清楚地看到他在喘气，很虚弱。一群护士围住他，医生拿着榔头和扳手，在敲打他的身体，那个身体硬邦邦的，我知道躺着的这个人已经不行了，他才46岁，我替他难过，他活不到47岁了。"

弟弟满口胡言乱语，在他的意识中，进医院的不是他，而是他的茶师傅邱二槐，他对大成说："邱师傅病得很重，你马上把他送到医院。"说完又给邱师傅打电话："邱师傅，你病得很重，回不了老家了，中秋节你要在医院病床上过了，我让朋友马上接你去住院。"

他床头的病历卡上明明写着：司拉英，男，46岁，重症肺炎引发脓毒血症。他已经无法分辨，中秋节躺在医院病床上过节的那个人不是别人，正是他自己。

值班医生叫我去看电脑里弟弟的肺部影像，他不断拖动鼠标，想从肺片上找到一点黑色的空隙，最后失望地说："你看他的肺，昨天还有点黑色分布，今天早上已经全白了，没有空隙了，连肺部最顶端的边角都白了。"

"我弟弟还能坚持几天？"

"靠把氧气压缩到肺部呼吸，病人可以坚持一个星期左右。"

医院取肺泡盥洗液去检验，需要实施全麻，医生允许我和弟媳妇去探视，"有什么话先想好，拣重要的跟病人说。"

弟弟躺进了重症监护室，我和弟媳妇戴着口罩，被允许站在五米之外跟他说话。弟弟在说话,却没有声音,口型像在叫妈妈。我很诧异,因为母亲患精神分裂症,我们家的小孩,从小到大,绝口不叫的就是妈妈。

我问弟媳妇:"他在说啥?"

弟媳妇有点难过地撇了一下嘴,"他对我和宝宝都没有话要说,他最放心不下的还是大哥,让我们把马尔照顾好。"

他最后要交代的竟然是他哥马尔……

弟弟照顾患有精神双向障碍的马尔十几年,为他送饭、洗衣服、打扫住处。马尔到哪里都跟邻居吵闹不休,住不了几天就被房东赶走。弟弟一个月要帮他搬几次家,他四处托朋友求情为他租房子。马尔病情严重的时候,半晚上能打一百次电话,到了凌晨两三点弟弟才睡,后来不等到凌晨两三点,他就无法入睡,总担心哥哥来电话,这已经成了他的生物钟。

弟弟戴着氧气罩,眼睛朝我们这边瞪着,等着我们回应他。我怕他听不清我说话,伸着两根手指做出一个V的造型。他很费力地朝这边看了一眼,用手指艰难地做出OK的手势,这个动作很缓慢,像是用尽了他所有的力气,他闭上眼睛,不再说话了。

弟弟在广东中山做了四年柑普茶,每年做完茶都累倒,进医院住上大半个月,他把那些小馒头一样的小青柑看得比命还要紧,发着高烧淋着雨,还要去给茶打伞撑雨布。现在他和家人赖以生存的"茶馒头",在茶厂里静静地躺着,等着他起来。

在茶厂,我把弟弟的嘱咐告诉马尔时,马尔用维吾尔语哭喊着:"我弟弟要死了,我弟弟要死了。"他用母语哭喊,是想避周围人的耳朵,他是对着我和妹妹哭诉。他即使疯癫,也不希望别人知道,他就要失去自己的亲弟弟,茶厂要失去主人了。仿佛在粤语的地界,这样说话就能瞒过死神。

妹妹背过马尔说:"姐姐,我们都是吃尕娃蒸的馒头长大的,我们活着,怎么能看着他走。我想来想去,这话只有你听到,说实在的,马尔活着是件麻烦事,尕娃照顾了他十几年。换成马尔走了,还没这么难受,四个男孩儿里面,最舍不得的就是尕娃了,谁走他也不要走。"妹妹一直习惯叫弟弟的乳名。

二

弟弟住进重症监护室的第十四天清早,我去探视,医生笑着对我说:"你弟弟想吃馒头了。"

弟弟好转后,第一个想吃的就是馒头,这个消息让我喜极而泣。

我们小时候,父亲忙地里的活儿,母亲疯疯癫癫,我们一家吃的馒头,都是弟弟在炕上蒸的。"哥哥在炕上蒸馒头",三弟的作文里有这么一句话。家里人纠正说,"馒头蒸在锅里,不是炕上"。弟弟人小,够不着案板,其实是在炕上揉好了面,再放到锅里蒸。

在广东中山，他依然喜欢蒸馒头，任何时候问他吃什么，他的回答都是馒头、面条。这次进了医院才检测出他对大米和玉米过敏。童年每天吃玉米糊、玉米饼，每次吃完饭弟弟都喊肚子疼。父亲让他趴在炕上"暖肚子"，他每天吃了饭就蜷缩在炕上，像个小馒头。

弟弟从重症监护室转入普通病房，他交代的第一件事就是让媳妇买馒头，"要是早知道我对大米过敏，就不该走出老沙湾大梁坡，在广东不得不天天吃大米，胃都吃坏了。"弟弟说这话的时候，躺在病床上，脖子上、鼻孔里插着管子，靠管子里的氧气和液体维持呼吸和营养。

他很想自己吃饭，十几天没有吃东西，他的胃已经接受不了任何食物。他晚饭吃了几口馒头，晚上开始大口大口地吐血，喘口气都费很大的劲，他说："我连吃馒头的力气都没了。"

他脖子左侧有个血肉模糊的洞眼，里面插着一根塑料管子，管子穿在一个白色盒子下面进入弟弟的颈动脉，那里用巴掌大的透明胶固定着，小盒子的两只小耳用羊肠线与皮肤缝在一起。方形盒子下面伸出的那根管子，又被分离成三股，连着三个玻璃针管，分别用来注射身体需要的各种液体。那串针管像弟弟的耳朵上挂下来的沉甸甸的玻璃耳坠，随着弟弟的脉搏晃动。

晚上，我租了张简易帆布床，睡在弟弟病床边。弟弟刚从死亡线上回来，我在他病床边陪着，想给他最大的安全感。弟弟对着我笑笑,露出满意的表情,那表情还跟儿时一起睡在大炕上一样纯真。

我小心翼翼地摸摸弟弟脖子上吊着的三根针管,问他疼不疼,难受不难受,他闭着眼睛,憋了半天,大概好久不说话,忘记怎么说话了,说出来的话很反常,"有些东西,就像一个贝壳儿,把它洗干净了,里边的肉还是臭的,不如干脆扔了。"

过了半个月,医生把弟弟脖子上的插管拔了,露出三个洞眼,像三只眼睛,血汪汪地冒着泡。过了几天,三个洞眼结了血痂,看着像三只大苍蝇,我总想用手去抠它。弟弟说:"对付伤疤最好的办法,就是你忘了它,它就不见了。"

半夜我牙疼,他也说:"你忘了它,痛就消失了。"对待疼痛,他选择了遗忘。这让我觉得他属于忘性比记性好的那一种人,要么就是疼怕了,过了临界点,已经麻木了。

三

我坐在弟弟的病床边,假装用力掰一掰他粘连的脚趾,做出想把它们掰开的样子,掰完问他疼不疼。他咧开嘴,露出洁白的牙齿,用舌头与牙齿弹出一个"啧",这是小时候的习惯,表示对我说的话持否定意见。

"啧"这个回答再恰当不过了,疼和不疼,只有他说了算。

弟弟出生没几个月,就被精神分裂的母亲当成柴火,把头塞进熊熊燃烧的灶火里;刚学会走路,又撞翻了我正在灶火上的一铁勺子滚油,他的两个脚趾至今像鸭蹼一样粘连在一起,为了不露出丑丑的脚趾,他一年到头都穿皮鞋。

被我烫了脚那天,我背着他去西瓜地里。他整整一个夏天都哭闹着要去西瓜地,父亲让我留在家里做饭、洗衣服,打扫卫生,管好四个弟弟一个妹妹,忠于职守的我,平时忙于家务,根本抽不出身带他去西瓜地。那天下午,为了止住他的哭,我只有背着他走两公里多的路,去运河边的西瓜地里吃西瓜。他不能下地,这一路弟弟一直忍住哭乖乖地趴在我的背上,似乎去盼望已久的西瓜地能让他忘记疼痛,也许他那个时候就在练习如何忘掉疼痛。

我不知道那一天,天是怎么黑的,父亲的鞭子是怎么落在我身上的。我只记得,之后连着半个月,我每天早上背着弟弟去两公里外的大队卫生所,找谢医生换药,弟弟的脚散发出一股腐烂的气味,我看到谢医生用镊子镊掉弟弟的脚指甲,从弟弟的脚趾间镊出一豆豆小白蛆。

弟弟长大后出落成一个帅小伙,读了石河子师范学校,我知道因为家贫和自卑,他错过了那个年龄最纯真的一段爱情。娶现在这个媳妇时,他想听我帮他选择,一个是外地来中山打工的小姑娘,一个是离过婚的广西女人。我说,选离过婚的女人懂得珍惜家庭，年龄大点会过日子、会照顾人。他听了我的建议，娶了广西女人，却没说起女人还带着一个女儿。

男孩子中他排行老二，总是穿哥哥马尔穿下来的旧衣服，等哥哥出去打工，他开始穿从父亲身上脱下来的旧衣服。他去石河子师范学校上学，穿的就是父亲去世后脱下来的衣服，衣服大大的，像一个灯罩套在他身上，下面是短短的一截裤子。他像一豆苦难的火苗，怎么也冲不出笼罩着他命运的灯罩。

医生拔掉他脖子上那些插管后没几天，弟弟就开始焦躁不安，担心医药费昂贵，催着医生快点让他出院。医院抽了血，他等不及验血结果，就闹着让我带他回家。他一遍遍叹气："唉，要命啊，一个月没有吃饭了，浑身没有一点力气。求求你，回家弄点饭吃吧。"他脖子上刚刚拔掉管子的三个洞眼还糊着血痂。我不忍看弟弟那副枯槁的样子，像是一个乞丐在对着我乞讨。

我拗不过他，扶着他逃出医院，拦了一辆出租车，把他揽进车里，他的身体轻轻的，像个小孩。出租车上，他媳妇打来电话，说她去新疆餐馆买羊肉，要八十多元一斤。他一听，脸上呈现出惊喜，"我住院一个多月出来，羊肉涨到八十多元一斤啦！"

他与那家餐馆老板通话，餐馆老板认识他，答应七十元一斤卖给他。

这个电话让弟弟兴奋得发癫，他闹着要下车，说要去洗个头、理个发，"姐，我一个多月没有洗头了。"

"进重症监护室前,医生帮你洗过。"

"你一个月不洗头试试,都臭了。"

"你脖子上的插管刚拔下来,伤口还带着血,沾水会感染伤口。"

"我要快点出院,没想到羊肉价格那么好,开个羊肉档,可能是条活路。"弟弟开始掐指算利润,越算越癫狂,完全忘了自己还是一个在受医院救治的病人,忘了才从死亡线上下来,他病床床头还挂着"重症""禁食""卧床"。他的肠胃功能还没有完全恢复,胸腔积液和肝腹水还没有完全吸收,肾脏里还长着两块结石,医生等着他身体恢复了,再给他做处理。

住院花了一大笔钱,弟弟一心想着要赚回来。做了四年的柑普茶,他始终没有赚到钱,每年做了好茶,都是贱卖,有时候连本钱都回不来。小本生意,压不起货,这边辛辛苦苦做好了,那边就想赶紧回本,好买原料来年再做,周而复始,他陷入了一个怪圈。

"看你咳嗽个不停,简直不顾死活了。开羊肉档,每天三四点钟起来进货,你一个半条命的人,怎么吃得消?"

"茶不赚钱,回本又慢,要想活,就得热天做茶,冷天卖羊肉。"他固执地跟我对抗。

验血结果出来了,确定血液里没有炎症,医生给弟弟开了药,办了出院手续,让他回家好好休养。一回到家,弟弟就要去厂里盘货,想着快点把茶叶卖出去,收了钱好开羊肉档。

弟弟的神坛

四

我坐在弟弟开的货车上去茶厂干活,如同坐在父亲驱赶的马车上,去很远的野地里挖柴火。骑在他的摩托车上,搂住他瘦瘦的后腰,如同与父亲骑在大黑驴背上。这样的时候,我将地理置换了,把一个亚热带城市,置换成了远在北疆的故乡。我把弟弟想象成父亲,他所在的地方,仿佛就是大梁坡了。当我将现实时光与过去一一对应,对中山这个并不熟悉的城市,我竟然有了一种家的感觉。

我能一眼看出弟弟身上那些父亲的遗传,比如他手背和胸部浓密的汗毛。弟弟的坐姿、走姿,坐下来曲起膝盖,双手交叠到胸前放在膝盖上,瘦瘦的身子蜷缩着像一只猴子,都像极了父亲。他从朋友家出来时,顺手抓几个山核桃或小橘子,装在塑料袋里拎回来给他八岁的爱女。这做法像极了父亲从邻居家给我带吃的回来的习惯,只不过父亲的手绢换成了塑料袋,邻居家煮熟的羊耳朵或羊舌头,变成了弟弟朋友们的山核桃或小橘子。

看他背着假寐的爱女到家门前的石凳上,歇一口气,背她爬到三楼,再从孩子的身上腾出一只手打开家门,把她放到床上。我灵魂出窍般看到幼年的自己趴在父亲的背上,那种充满与安慰的踏实感,让我觉得父亲重生了,我也重回童年的幸福时光。

跟弟弟在厂里装货,弟弟弓着腰把茶叶罐摆了一行又一行,中间留出一条条可供穿行的空道，就像田垄。我往一个个铁罐里放称好的小青柑，再把罐子一个个盖好拧紧，收起来装在盒子里，那感觉完全是小时候在大田里拔苗、锄草，收获白菜、大葱和土豆。

为了避开车流高峰，凌晨三点多，弟弟把装着茶叶的货车开到广州，找了条背街的巷子卸掉车座包，两个人在车里躺下。睡到天快亮时刮起了大风，弟弟找出弟媳妇的一件棉睡袍，让我裹在身上。

那一晚，让我想起小时候，睡在父亲的驴车上在露天过夜，早上被冻醒，父亲收了人家院子里晾晒的绒衣绒裤，让我套上，到了太阳升高了，再脱下来晾回去。

每天守在一个跟父亲一样的人身边，觉得不是我在保护大病初愈的弟弟，我时刻能感受到的是来自他的保护。有时候，我默默地看着他躬身在茶果堆里的样子，像是在盐矿捞盐，或者在自留地里挖洋芋。这个姿势我很熟悉，那是祖传的姿态。

一百多年后，在广东中山，弟弟竟然暗袭了祖上买卖茶叶和羊皮的遗传因子，他似乎无师自通地找到了上几辈的经商密码。我从他身上看到了太外公、外公以及父亲的强大基因，我如此热爱和渴望亲近他身上这些与先人暗合的隐秘品性，它们在他身上组合起来，树立起一尊隐形雕塑，让我心生膜拜。

他瘦小的身躯在我眼里很高挺，我像追随祖上一样追随他，这种力量让我变得强大和无所畏惧。他做的营生，让我看到家族的百年血脉，如一条地下阔大的暗河不停息地奔流，从母亲的老家甘肃天水，绕行至父亲的老家新疆喀什，现在又流入广东中山。

从弟弟身上，我能闻到这条血脉之河的源头，流经百年依然混杂着甘肃洋芋和新疆羊肉的气息，浩大的时间和遥远的地理并没有改变它的内质，我们这个家族的后人，依然念念不忘去沿袭古老的生存方式——茶叶和羊的交易。弟弟已经想好了，夏季制作茶叶，秋冬季卖新疆的黑山羊肉。炒羊肉、烤羊肉串、速冻羊肉饺子，各种天真的想法层出不穷，他完全忘了鲜肉档不准经营熟食及其冷冻食品。

他打算在开羊肉档后，搬个黑板在市场上培训广东人怎么做羊肉。他异想天开，恨不得把广东人全培养成他的"羊肉粉丝"。他甚至幻想在羊肉档开张那天，支个大铁锅，给全市场三百多个摊位的老板做一大锅抓饭，像在大梁坡招待全村人一样，办个抓饭宴。

为回笼资金开羊肉档，得想方设法推销柑普茶。他想象着开了羊肉档以后，他既卖羊肉，又把羊肉档当成窗口，继续卖他的柑普茶，给每个来买肉的人推销茶果，一颗茶果、两颗茶果送给人家尝。他恨不得在羊肉档上搬个茶桌，摆上他的柑普茶，他想让新疆黑山羊肉、新会柑普茶的味道混杂在一起，飘散在他的羊肉档前。

蕴情的土地

五

  弟弟决意争夺羊婆的"神坛"。

  早上,弟弟给我布置任务,让我去数羊婆箩筐里装了几只羊。箩筐用白布盖着,看不出有几只羊,我数了两遍羊蹄,至少有六只羊。我走到正蹲在地上洗羊的羊婆儿子身边,试探地问他:"买整只羊,多少钱一斤?""羊婆"儿子看着我的脚和地面说:"四十八元。"他是个见人会羞怯的青年,从十六岁开始卖羊肉,跟羊婆干了二十年了。

  那天早上,我第一次看见羊婆,也只见到她多肉的侧脸。正用力斩羊肉的她,腮帮子鼓起来,显得白胖,且满面红光。后来才发现,那红光是她羊肉招牌上红色灯光的反射。她手起刀落间,有一种傲视一切的气概。案子上堆着大卸八块的羊肉,她站在中间,俯瞰众生,仿神坛上的"三圣娘娘",有种凛然不可侵犯的威严。

  在我见到羊婆第一眼前,羊婆的形象早已被弟弟描述得神乎其神,他听人家说她自幼在仔山放羊,十八岁开始干这个行当,光在库充市场就跟儿子一起卖了二十年羊肉了。显然"羊婆"在他眼里是个了不起的人物。弟弟说他吃了二十年羊婆的羊肉,我暗自猜想,他对羊婆的羊肉档是不是觊觎已久,想着有一天能取而代之。

弟弟的神坛

弟弟跟踪羊婆的整个过程，像极了侦察片里的镜头。那天，他一早等在"羊婆"的羊肉档背后，等羊婆的儿子把进来的货收拾好了，放在档口，等羊婆走上她的"神坛"，开始举刀斩肉，等羊婆的儿子发动摩托车，离开档口回家吃饭。连着一个星期的观察，他已经掌握了母子俩的作息规律。

羊婆的儿子跨上摩托车，弟弟转头就去开车，菜场人流拥挤，等我和他赶到货车旁，盯梢对象已经了无影踪。白等了一早上，弟弟垂头丧气地开车回家，打算第二天再来跟踪。就在开车快到自己家时，他看到了那个熟悉的摩托车牌号，羊婆儿子的摩托车牌号，他已经背下来了。他吃惊地发现"羊婆"家住的自建小别墅，离自己家只隔了两条巷子。

对那个三层楼的自建房，弟弟很感慨："这房子是羊婆卖羊肉堆出来的。"他满脸钦佩的神色，眼里充满热切的向往，惹得我顿时产生了弟弟也能靠卖羊肉堆出这样一幢房子的渴望。

探明了羊婆的住处，第二天，弟弟凌晨三点起来开车出动，埋伏在羊婆家路右边，阳和骑着电动车出动，埋伏在路左面，等着"羊婆"和儿子出来，看他们在哪个屠宰场进货。弟弟用十分确定的语气说："最可靠、现成的办法，就是复制她的进货渠道、销售模式。"他想要走捷径，复制羊婆成功的模式。

羊肉档竞标的前几天，弟弟每天清早起来，在厨房磨刀。他买了一堆各种各样的刀具，看起来对开羊肉档满怀信心。

2019年的最后一天,弟弟最终以高出原来一倍的市场租金,分别以他和妻子的名字,竞拍了两个羊肉档。羊婆也来竞拍,出的价格是在原来的价格上多加了一块钱。弟弟的脸沉沉的,对我摆摆手,脸上说不出的愁苦。

得到羊肉档的第二天一早,弟弟又在厨房磨刀霍霍,看我进来,弟弟挡在面前说:"姐,我有个问题想不通,羊婆为啥出价那么低?"

我刚起床,脑子还没完全醒过来,含混地应付他:"她怕出高一点,上了市场的套,逼她租下羊肉档。"

"对,你说到了问题的症结,她不想干了,想退休了。"

他又自语:"不对,市场说了,只有我们三个人竞标两个羊肉档,她要是不想干,干吗还来竞标?我估计她看新市场重新换了承包商,羊肉档要价太高,自己完全放弃了,还来帮市场做戏,让我出高价投标。"他还在不停地为自己比羊婆出了高出将近一倍的竞价而纠结。

在广东,羊肉档说是开一年,但从十一月初开起到来年四月份就收档了,开档时间其实只有半年,肉档关停的那半年,租金照交。天一热就没有人买羊肉。等于半年时间要赚回一年的租金,还有人工杂费,租金这么高,摆明了只有亏。

六

合同已经签了,弟弟没有退路了,只有硬着头皮上,鼓起勇气熬过这一年。

他让我跟他去沙岗墟小商品市场,挑了一堆围裙、胶鞋、袖套,用塑料袋装好,两个人把塑料袋提到了车上。弟弟央求我陪他去羊婆那里,他让我扮老板,去买下羊婆所有剁肉的家什。

我猜不出弟弟的用意,究竟是像他说的那样,怕麻烦,为省几个小钱,还是他想以胜利者的姿态庆贺羊婆走下"神坛"?

我一直认为弟弟是怯羊婆的,一直暗中盯梢和跟踪羊婆和她儿子,让他几个月来像个地下工作者。这一次他要浮出水面,面对羊婆我猜他缺乏底气,多半是他有点做贼心虚,所以才拉我扮老板去给他壮胆。

我和弟弟那个正午见到的羊婆,已经放下了屠刀,走下了她的"神坛",她站在档子口,扶着一根金属栏杆,显出略带疲惫的样子。羊肉档前一个人也没有,她的斩肉刀躺在油腻腻的肉案上,他儿子静静地坐在她的"神坛宝座"上,腼腆地看着我们,完全没有他母亲的派头。

走下"神坛"的羊婆,也全然没有了那份派头,没有了红光的枯黄脸,在自然光下显出一块块老年斑,她的正脸看起来,比我上次在"神坛"上见过的侧脸瘦了好几圈。一个平淡无奇的老年女人。

"你羊肉档不开了,我们想把你不用的东西都买回去。"弟弟微微欠着身子,向她说明我们的来意,恭敬里带着一股说不出的味道。

羊婆说:"我们没钱人,租金太贵,干不了,你们有钱。"

弟弟说:"我们不是有钱人,就是为了活。"

羊婆立即改口:"你们年轻,我老了。"

弟弟再次恳求她把家什卖给他,羊婆嘴角略微显出一丝得意,"我在市场对面弄了间铺头,要继续卖羊肉,这些东西还用得上。"

我仿佛能听见弟弟的心跟我的心,惊得"咯噔"响了一下。羊婆说完显出友好和大度,用斩骨刀刮了刮油腻的剁肉案子,双手端起刀痕累累的圆木案子,递给弟弟,"这个送你,祝你好生意!"

案子的分量使得弟弟手一沉:"那我不客气,拿走了,讨个吉利。"说完,提了案子,喜滋滋地从羊婆的羊肉档前走过去。看得出,他相信这个圆墩墩的肉案子能给他带来幸运,或许他还希望这个肉案子,能让他堆出像羊婆家一样的楼房。

新年弟弟拿到了羊肉档位,乐呵呵地擦拭打扫了一番。卖水果蔬菜的不干了,留下的价目牌,弟弟捡过来洗了,擦掉上面的标价,标上羊肉、羊排、羊头、羊肚的价格,他干得很老练。弟弟很高兴他旁边是家清真牛肉档。"牛肉档会把吃羊肉的人吸引过来,那些吃羊肉的跟我们一样。"他说的意思我明白。

弟弟租的羊肉档开张前，羊婆来过一次，开张当天，羊婆来了三次，不知道是留恋干了五十年的老本行，还是不想善罢甘休。她说自己在市场外摆移动羊肉摊，上午卖了两只羊，下午又说只卖了十五斤羊肉。她的话真假难辨，弟弟求教她怎么煮羊血，她保守一个天大的机密似的，吞吞吐吐，欲言又止，她走后弟弟只好自己摸索。

有几次弟弟说，感觉羊婆的眼睛在远处盯着他。羊婆在"神坛"时，他盯着羊婆，现在他开羊肉档了，对于羊婆，库充新市场里崭新的羊肉档灯光亮闪闪的，比起她那个露天市场的羊肉档，更像一个"神坛"。但弟弟还是忌惮着羊婆。

羊婆退而不休，在他的羊肉档外面摆羊肉摊，卡他还带着伤痕的脖子，弟弟终究摆脱不了她。他想把对羊婆的恐惧，变成羊婆对他的恐惧，那样才证明他赢了羊婆。可怜的弟弟，他疏忽了这世界没有羊婆，依然会有"羊公""羊嫂"，现在他接过了羊婆的肉案子，在崭新的库充市场谋生存，他眼睛还是得盯着曾在老库充市场卖过五十年羊肉的羊婆。

六

弟弟想趁着过年前天气冷，羊肉生意好做，好赚上一笔钱补贴家用。可是一直到春节前，天气都没有冷过。两个羊肉档加起来，一天才卖两只羊，肉都放坏了。茶叶赚的一点钱，全部亏在羊肉上。

不管赚不赚钱，反正羊肉档已经开了，一家人围着档口，每天煮卖不完的羊头、羊杂，羊杂汤泡着馒头吃得很乐活。羊肉卖不动，弟弟今天给大成送点羊排，明天给邱老板送条羊腿，后天又让阳和的朋友来摊位上吃一顿羊骨头汤。我有点怀疑，弟弟开羊肉档恐怕不只是为了钱，潜意识里，或多或少有一种回归大梁坡原初生活的味道。

弟弟努力参与着广东的生活，给广东人做茶，给中山人卖羊肉。他一边努力强调自己不是在新疆了，不吃羊油炒的土豆丝，一边往羊肉汤里泡沙湾寄来的馕。他边吃羊肉汤和新疆烤馕，边谈论家乡沙湾的大盘鸡，"我觉得大盘鸡配着馕，是一种混合味道。大盘鸡里的辣子，其实是四川人的味道。土豆应该是甘肃人的味道，花椒之类的应该是回族人的味道，还有大葱的香，那不可就是山东人的味道吗？最典型的就是大盘鸡配馕，那是新疆人的味道加各种各样的味道。"

我听着听着，觉得弟弟想家了，想沙湾了，想那个二十多年没有回去的大梁坡了。我已经不知道自己是坐在中山库充市场的羊肉档口，吃弟弟煮的羊杂汤，还是坐在沙湾的夜市上。我想起了小时候，跟弟弟妹妹一起分食父亲用手绢从邻居家包回来的羊舌头、羊耳朵。

弟弟的神坛

冬至那天晚上，羊肉档收档后，我跟弟弟一起去给住在郊区的马尔送吃的。煮熟的羊头在钢精锅里跳舞，西红柿、辣椒、洋葱在西瓜红的塑料袋里跳舞，羊腿骨在透明的白色塑料袋里跳舞。弟弟的双脚在水泥路上快活地敲击着，在石阶上快活地敲击着，弟弟的手在马尔破旧的门窗上敲击着。

马尔醒来开了门，端一锅羊肉汤埋头喝了个够。弟弟把蔬菜放进冰箱，洗了几只碗，坐下来看着哥哥啃完羊头，把刚买的一个新手机交给哥哥。只要不失去联系，就依然能照顾着马尔，隔几天把吃的喝的用的送到他嘴边。

从马尔那里往回返，我和弟弟穿着短袖还走得出汗。"天气一直没冷过，先不冷后面一定会冷。"弟弟信心满怀地等着天冷下来，等着羊肉生意好起来。

弟弟每天盼着降温，好不容易开始降温，没想到一场前所未有的灾难降临了——新型冠状病毒铺天盖地而来。

有人说这场新冠病毒要肆虐三四个月。弟弟的羊肉在市场上是独家生意，可他的租金是人家的两倍。四月底到十月底，广东天热，有半年没人买羊肉，摊位就要空半年，而摊位费却照交。"要死还是要活，就看这三四个月了。这几个月不把半年空档期的损失扳回来，这一年就泡汤了。"弟弟满眼的失落，那副可怜相让人心疼。

弟弟能否赚到钱，这是他最关键的四个月。家家户户都关在了屋子里，弟弟每天三点起来进货，天不亮就不要命地往市场里冲。

　　市场人流密集，尤其是春节期间，我怕极了免疫力极差的弟弟感染，劝他不要去羊肉档了。弟弟不相信自己会再次被病毒感染，仿佛他得过一次肺炎，病毒就会把他从感染者名单里剔除。

　　他一脸的不服气，不服气我劝他，不服气天气，不服气病毒，他什么都不服气，一副想要跟天地对抗的倔强表情。我知道，他最不服气的是这该死的命运，竟然这样捉弄这么勤劳到不要命的人。我后悔从医院偷着把他带出来，让与外界隔离了几个月的他，又回到这个充满诱惑的世界，我们花了几十万元把他救下来，现在为了不多的几个钱，他决意去送死，这让我灰心丧气。

　　他病的时候，我没有怕过，如果可以用我的死换来弟弟的生，这交换值得。这一次面对疫情，我不甘心让他千疮百孔的肺再被新冠病毒感染。我觉得这个世界在跟我争夺他，在索他的命，他却一心想要扑进对他来说危机四伏的世界，全然不顾前面是生死陷阱。

七

　　手机里大量关于新冠肺炎感染者的信息，妹妹每天发给弟弟看。他看完戴着厚厚的口罩,照样去羊肉批发市场进货,再到库充市场出档。妹妹说:"我们家出了个不怕死的。得过一次重症肺炎,出院没几个月,疫情这么严重,竟然还敢守着羊肉档。"

二月份广东新冠疫情高发,我不知道他是怎么消化那些恐惧的。

弟弟劝我:"姐,你去厂里住,厂里安全,我们把你重点保护起来。我会送吃的给你。"他一个人隔离在家中的一间小屋子里,吃饭、睡觉全在里面,出来上厕所,或到阳台晾东西,都戴着口罩。他似乎把自己的命看淡了,只想到保护好家人。

我一个人搬到了厂里。

我记得疫情到来之前,弟弟跟我说过:"姐,我们俩谈个生意吧,你的生活开支,我包了,你给我卖十年茶叶。"

当时我支支吾吾说,要写书。

他加码:"每个月房租,也帮你还了。"

我摇摇头,没能成交。

这次我反过来跟他说:"跟你谈个生意吧,每月我付你两万,先付三个月。羊肉档我包了,一万五千元摊租,五千元人工杂费,持续到疫情结束。"

他摇摇头。

"我包摊租,到疫情结束,再给你免费打五年工,怎样?羊肉别去卖了。"

他还是摇摇头,没能成交。

我了解弟弟不是不怕死,他是不甘心命运,想要扳回来,哪怕是靠命,也要赌一把自己的运气。

妹妹安慰我说:"说到底他病了,你这么帮他,他不想欠你太多,想自己扒食吃。他还心怀侥幸,觉得人家都怕病毒,不出摊了,他赚钱才好赚。"

劝不回来,一气之下,我写了块"尊重生命,请勿踏入此门,我不想被传染"的牌子,挂在我住的那间仓房前。我一个人躲在厂里,把自己与整个世界隔离开来。

我在厂里睡的沙发比床短一截,半夜脚总是伸在外面,冷冰冰的,就像蹚在水里。半夜醒来,身体冷得哆嗦,心里窃喜,天气冷,弟弟羊肉档的生意会好一些。既然劝不回来,只好祈祷他每天不要白白耗在档口,祈祷他多卖几斤羊肉补贴家用。

新冠病毒肆虐的春天,我住在弟弟在城郊的茶厂,大弟弟马尔住在横跨半个城市的村子里,妹妹一家困在弟弟家里,回不了香港,吃的用的都是弟弟负责买。没有不怕死的人,只有掂量了生的价值,弟弟才会在疫情期间去挣钱照顾这么多人的生活。

有人说,使你变得更强大的办法是找一个人去保护他。弟弟病的时候,我变得很强大,仿佛上天将无限能量注入我身体,让我去挽救弟弟的生命。

疫情来了,弟弟拖着病后初愈的身子,给一大家子人买好吃的用的,分一份给马尔,再留一份送给我。在他生命垂危时,是家人齐心合力救回了他,关键时刻他以自己的命来保护家人。

在弟弟的默许下,我对他关上了门,弟弟也对我封闭了自己的想法。他偶尔来厂里,站在我门口,伸着脖子,问一声:"姐,你日子过得咋样,要我从市场带点啥菜不?"

我每次都求他:"你住厂里吧,你买买菜,我给你做饭,不要去羊肉档,别祸害家里人。"

他眉毛拧在一起,背过身默默地走了。

我看着弟弟出出进进,担心哪一天生之门对他哐当一声关上,他再也进不来了,从这个家庭里消失。他的大女儿上医学专业,本科、研究生连读要上八年,才上到第二年,小女儿八岁,上小学二年级,妻子没有工作,他若倒下,这个家恐怕是我扶不起来的,更别提他还管着我疯癫的大弟弟,想想都觉得脖子根发冷。

八

凌晨三点多,弟弟依然每天准时起来,去屠宰场拉羊肉。妹妹劝他多了,他也烦躁,扔下一句"早死早解脱",还是埋头去操持羊肉档。妹妹想藏了弟弟的车钥匙,让他没法开车去进货,结果错藏了弟媳妇的钥匙,结果家里乱成了一锅粥。新冠病毒没有将人毒死,闷气、怨气快将一家人毒死了。弟弟家里摔锅砸碗,摔完了砸完了,再买了锅碗回来。再难,日子也得继续过下去。

弟弟偶尔来茶厂,给我带两把青菜、几只橙子,用塑料袋密封着,放在一个纸箱子里,从门口"刷拉"一声滑进来。每次等我走出去,他人已经走远了,从人流密集的市场回来,他怕衣服上、鞋子上带了病毒传染我。

有时候是一块肥皂,有时候是一个香皂盒,"刷拉"一声,从门外滑进来,我就知道弟弟来了。这一天,门窗缝隙间漏进暖暖的阳光,弟弟的声音也随着他给我买的水果和菜一起,从门缝里滑进来。

我隔着门劝他:"两个摊位每个月要一万五六千租金,白白交半年,放弃一个羊肉档吧,保留一个摊位,一个月少交七八千的租金,熬到七月份好好做茶。"

"正巧,昨天羊婆在沙岗墟碰见我,跟我商量可不可以把摊位转一个给她。"曾经在"神坛"高高在上的羊婆,居然屈尊于自己的对手。

"你答应她了吗?"

"那么贵的摊租,她怎么肯接?不如我丢开一个,她再来接喽。"到了这一步,善良的弟弟还想着替对手减少一点损失。

"你完全忘了羊婆怎么在市场外面推着小推车偷做羊肉生意,抢你的客源,你媳妇去赶都赶不走哦?"

"嗨,谁都想赚钱,挣扎着想活。羊婆干了五十年,也舍不得下岗啦。"

五一过后，疫情没有那么让人紧张了，天热起来了，羊肉变得无人问津。弟弟退掉了一个摊位，给自己留了一条后路。实际上，也只是半条后路。因为到了秋天，羊肉重新上市的时候，弟弟退掉的那个羊肉档，很有可能羊婆又要来跟他分庭抗礼。

弟弟跟羊婆真正的较量还没有开始，弟弟以为自己登上了"神坛"，而半壁江山仍然掌握在羊婆手里，最终的结果远没有到来。不过我在为他祈祷，战胜了死神的弟弟，不会败给生活，只是活在底层，与生活的抗争一直会持续。

"我对面那家卖肉的，老公每天午夜两点起来杀猪，他们夫妻每天下午七点半收档，他说他每晚睡四个小时，已经十五年了，头发都快掉没了，五十岁的人，看起来像六十多岁。不敢停，一停下来，生活就出问题。"我知道，弟弟在委婉地解释他自己。

"等疫情过了，我想在离茶厂不远的地方找间房子，在中山扎下来，帮你打理打理茶厂的事。"弟弟还没有好利索，我想留下来帮他减轻生活压力，支撑他走下去。

弟弟很高兴我留下来，自从病了一场，弟弟的表达有点前言不搭后语："姐，我一直不知道我为啥生病，现在我知道我是在等你，这些年我太累了，我知道我病了，你就会留下来帮我。"

"那么重的病，你都能挺过来，说明你也是个命硬的人。"我安慰他。

"如果我不是一个命硬的人，那肯定早就垮掉了。"我知道他在暗示我，这些年他时时刻刻都背负着压力。

"姐，什么时候不用赚钱了，我们一起回大梁坡。"弟弟说完停了一下，又补了一句，"再挣十年吧，等宝宝上大学。十年，很快的。"仿佛这样一说，就已经是十年以后了，他脸上沉闷的皱纹愉悦起来。

我想，不用等那么久，我就会带他回趟大梁坡，去给父亲上上坟。最好能住下来，自己种一些地，养一群羊，每天吃自己摘的菜、自己蒸的馒头，过一过当年的日子，让曾经熟悉的充满泥土味的空气，吸收平复掉他身上二十多年来在外乡积攒的所有疲劳和挣扎。